독일
아동청소년문학상
60주년 기념 작품집

zum 60. Geburtstag
des Deutschen
Jugendliteraturpreises

일러두기

- 이 책은 독일아동청소년문학상 60주년을 기념하여, 역대 독일아동청소년문학상 수상자 및 후보자였던 세계 각국의 작가들이 자국 언어로 쓴 것을, 미리암 프레슬러를 비롯한 작가 및 역자들이 독일어로 번역한 것입니다. 각 작품 마지막에 원래 어떤 언어로 쓰인 작품을 누가 독일어로 옮겼는지를 밝혔습니다. 따로 밝히지 않은 작품은 처음부터 독일어로 쓴 것입니다.
- 다양한 문화와 언어가 공존하는 시대에 발맞추기 위한 독일아동청소년문학협회의 기획 의도에 따라, 외래어는 '작품이 원래 쓰인 언어의 표기법'을 따랐습니다.

WAS IST LOS VOR MEINER TÜR?
Edited by Stephanie Jentgens
Illustrated by Aljoscha Blau
This anthology has first been published to celebrate the 60th birthday
of the German Youth Literature Prize

나는 네가 보지 못하는 것을 봐

다비드 칼리 외 19인 지음 / 알료샤 블라우 그림 / 김경연 옮김

사계절

머리말

전 세계 모든 사람들을 이어 주는 일이 있다. 이야기를 하고 듣는 기쁨이 그중 하나다. 자신의 삶에서 나온 이야기만 기쁨을 주는 것은 아니다. 다른 지역이나 나라에 갔던 여행담 역시 사람들이 간절하게 원하는 보물로 손꼽혀 왔다. 그러다 이런 다른 세계의 이야기들을 책의 모습으로 접하게 되었고, 그 이후로 우리는 멀리서 온 이야기들로부터 점점 더 많은 즐거움을 얻을 수 있게 되었다. 우리가 그 이야기들에 마음을 열 준비가 되어 있다면 말이다.

독일아동청소년문학상이 세상에 문을 연 지 60년이 되었다. 이 상은 해마다 먼 곳 또는 가까운 곳에서 나온 이야기들을 읽어 보라고 우리를 초대했다. 독일아동청소년문학상은 처음부터 분명하게 국제적인 상으로 출범했다. 국가 사회주의 시대에 독일의 야만적인 행위가 어떤 결과를 초래했는지를 목도하며 의식적으로 국제적인 상을 구상한 것이다. 독일아동청소년문학상은 예나 지금이나 읽는 즐거움을 북돋울 뿐만 아니라, 젊은이들이 다른 사람들에 대해 더 이해하고 더 관심을 갖게 하고자 한다. 다양한 시각이 공존하는 것을 알 때, 세계를 바라보는 우리 자신의 시각이 더 잘 다듬어질 수 있기 때문이다. 여러 다른 삶과 사회를 알게 될 때 비로소 어린이와 청소년들은 독립적으로 판단하고 자신의 삶을 어떻게 만들어 나갈지 스스로 결정하는 법을 배운다.

60년 전부터 독일아동청소년문학회는 독일 연방의 가족·노인·여성·청소년부의 위임을 받아 이 상을 수여하고 있다. 헌신적인 회원들이 수십 년 동안 협회를 지원하고 장려했으며, 모두들 어린이와 청소년의 독서를 진흥하고 문화적 교양을 길러 주는 데에 있는 힘을 다했다. 이는 중요하고 훌륭한 일이다. 성인 중계자가 없이는 문학이 모든 어린이와 청소년들에게 다가가기 어렵기 때문이다.

60년 전부터 독일아동청소년문학상은 세계에 문을 열기로 약속했다. 그리하여 오늘날조차 당연하다고 말하기 어려운 가치들을 오랫동안 선도해 왔다. 1960년대 독일의 이른바 '손님 노동자' 시대, 1980년대 이후 '다문화'라는 표제를 단 사회가 부상하던 시기에도 그랬으며, 거듭 되풀이해 찾아오거니와, 위기 지역 내지 전쟁 지역 사람들이 독일에서 피난처를 찾기를 바라는 시대에도 그렇다.

이 기념 작품집은 전 세계의 뛰어난 작가들이 이 작품집을 위해 새롭게 저술한 것으로, 문학이 어린이와 청소년의 발전에 어떻게 기여할 수 있는지 의미 있는 증명을 해 준다. 이 책에 수록된 이야기들은 매우 다양하지만, 다들 이야기하는 즐거움이 새겨져 있다.

이런 이야기들은 우리 모두와 관계가 있다. 그렇기 때문에 나는 이 책의 다양한 이야기들이 가정과 유치원, 초중등학교와 대학교, 또 독서 동아리에서 읽히고 낭독되기를 바란다. 집에서 읽어도 좋고 공원에서 읽어도 좋다. 혼자 읽어도 좋고 여럿이 함께 읽어도 좋다. 그리하여 최고 작가들의 이야기들이 널리 퍼지고 아울러 독일아동청소년문학상의 이념이 함께 퍼지기를 소망한다.

주자네 헬레네 베커 박사
독일아동청소년문학협회 회장

엮은이의 말

누군가를 자신의 집에 들어오게 하는 사람들, 세상으로 나가기 위해 문을 여는 사람들은 많은 것을 발견할 수 있다. 친구가 될 낯선 사람들과 새로운 언어, 카리브제도나 숲의 도서관 같은 낙원, 어쩌면 외계인을 발견할지도 모른다.

이 책에 모은 이야기들은 우리에게 다른 세계 또는 환상 세계로 가는 문을 열어 준다. 사람에 대한 이야기도 있고 동물에 대한 이야기도 있다. 어떤 이들은 밖으로 나갈 엄두가 나지 않아 집에 머물러 있고, 어떤 이들은 자신의 창을 통해 세계를 관찰하며, 어떤 이들은 더러는 자의에 의해, 더러는 타의에 의해 먼 곳으로 떠난다. 여기 묘사된 것을 마음속에 그려 보려면, 자세히 살펴보고 상상의 힘을 동원해야 한다. 독일의 스무고개 놀이 '나는 네가 보지 못하는 것을 봐.'처럼 말이다.

여기 실린 이야기들은 아프리카, 오스트레일리아, 남아메리카, 유럽 등 다양한 출신의 작가들이 썼다. 그들은 아르헨티나, 오스트레일리아, 벨기에, 독일, 영국, 프랑스, 이스라엘, 이탈리아, 라트비아, 네덜란드, 스웨덴, 남아프리카 공화국, 체코 등 다양한 나라에서 살고 있다. 이야기 속 어떤 이름이나 특성들은 낯설게 여겨지지만, 근본적으로 이 이야기들은 우리가 분리되어 있기보다는 많은 점에서 이어져 있음을 보여 준다.

이 작품집에 참여한 작가는 모두 독일아동청소년문학상 수상자이거나 수상 후보자로 지명된 이들이다. 이들의 이야기에 그림을 그려 우리 머릿속에 작은 수수께끼를 심어 준 화가 알료샤 블라우도 그렇다.

화가와 작가들, 역자들, 출판인 에드문트 야코비, 독일아동청소년문학협회 동료 회원들, 독일 연방의 가족·노인·여성·청소년부에게 고마움을 전한다. 그들 덕분에 이 책이 나올 수 있었다. 독일아동청소년문학상 60주년을 축하한다. 독자들도 이 책 속 이야기들을 통해 흥미진진한 여행을 하기를 바란다.

슈테파니 엔트겐스

목차

나, 운이 좋지 않아?

우편함을
심은

남자

우리, 그리고 동물

숀 탠
Shaun Tan

앵무새

앵무새와 함께 살지 않는 사람들은 앵무새를 갖고 있는 사람들에게 거듭 묻는다. 네 앵무새는 말할 수 있어? 그건 사람들이 말하기를 좋아하기 때문이다. 요람에서 무덤까지 우리의 삶은 단어들로 규정되고 정리되고 영향을 받는다. 인간의 언어를 다른 존재로부터 듣는 것은 참으로 기쁜 일이다. 그것을 언어라고 부를 수 있을까? 아니면 세련된 속임수에 불과할까? 어쩌면 무엇에 해당하는지는 전혀 중요하지 않을지도 모른다. 단어들로 이루어진 이 우스꽝스러운 작은 세계에서 우리가 완전히 혼자는 아니라는 느낌으로 충분할지도 모르겠다. 단어들은 우리와 마찬가지로 크고 어두운 우주 속을 선회하고 있다. 바로 그렇기 때문에 사람들, 그러니까 앵무새와 함께 살지 않는 사람들은 언제나 앵무새가 말할 수 있는지 알고 싶어 하는 거다.

앵무새와 함께 살지 않는 사람들은 늘 앵무새가 어떤 재주를 부릴 수 있는지 묻는다. 인간은 재주 부리는 것을 좋아하기 때문이다. 마침 앵무새들도 재주를 부린다. 그리고 정확히 우리 인간들처럼 발로 거의 모든 것을 해낼 수 있다. 우리는 입으로 호두를 깨뜨릴 수 없지만 앵무새의 부리는 기적과도 같은 기술을 갖고 있다. 갈고리인 동시에 끌 역할을 하는 아주 기발한 바이스*다. 이 도구는 막강한 공룡들의 시대에 만들어진 것으로, 인간 수공업자의 연장통에는 없는 섬세함과 우아함을 갖추고 있다. 만약 우리가 어떤 다른 우주의 다른 지질학적 여건에서 산다면 앵무새는 거대한 기술 제국들을 세우고 인간을 애완동물로 기르며 앵무새 언어와 앵무새 재주를 가르칠 것이다……. 그들이 그런 엉뚱하고 불필요한 관심을 발전시킨다면 말이다.

앵무새와 함께 살지 않는 사람들은 언제나 앵무새의 지능이 우리의 지능과 얼마나 유사한지에 놀라면서 그들의 유희적 호기심, 다 알고 있다는 미소를 띤 의도적으로 밝고 친절한 표정, 인간적인 작은 영혼에 감탄한다. 앵무새가 음악의 박자에 맞춰 움직이는 모습 좀 봐! 머리를 옆으로 기울이는 모습 좀 봐! 우리랑 정말 똑같네! 앵무새와 함께 살지 않는 사람들은 그렇게 말한다.

사실 앵무새와 함께 살고 있는 우리는 자연이라는 거울에서 그런

* 기계공작에서, 공작물을 끼워 고정하는 기구.

모습을 보지 못한다. 한낮의 태양을 눈 깜박이지 않고 사납게 바라보는, 그 작고 생기 있는 두 눈 뒤에는 우리의 접근이 허용되지 않는 태고의 계산이 재깍거리고 있다. 앵무새는 행복하면 사납게 주둥이를 간다. 앵무새는 격노하면 흥분해서 춤을 춘다. 앵무새가 우리를 무는 것은 애정이 있기 때문인데, 그 애정은 피가 나는 상처를 남긴다. 앵무새가 토해 내는 선물은 헌신의 표시이다. 이런 이상한 감정 표현을 두고 '행복'이니 '노여움'이니 '애정'이니 하는, 인간의 오만한 단어들은 그저 허공에 날리는 하찮은 겨에 불과하다. 그런 단어는 쥐라기의 아침 기도처럼 우리 고막을 뒤덮는 앵무새의 소리와 비교하면 아무것도 아니다. 이 소리는 번역이 불가능하며 대꾸할 수도 없다. 앵무새도 그런 것을 요구하지 않는다. 앵무새는 우리의 음식을 훔쳐 먹고, 어깨 위에서 애교를 부린 다음, 뭔가 더 흥미를 끄는 것을 찾기 위해 날아가 버린다. 그 앵무새가 돌아와 우리의 가련한 깃털 대용물인 머리카락과 눈썹을 다듬어 주려고 우리 얼굴에 몸을 기댈 때면 믿을 수 없을 정도로 다정하다. 그것을 사랑이라 부를 수 있을까? 그렇다. 우리는 그것을 사랑이라 부른다. 앵무새에게는 그건 아무래도 좋다. 앵무새는 우리가 원하는 대로 생각하도록 둔다. 앵무새의 심장이 우리 뺨에서 정글의 아주 작은 북처럼 떨리고 지구가 수십억 년 된 지축을 또 한 번 돌면, 우리는 남몰래 생각한다. 여기, 지금, 존재한다는 것, 그리고 앵무새와 함께 산다는 것, 이것은 얼마나 이상한 특권인가, 하고.

돼지

우리 집 뒷방에는 가라앉고 있는 돼지가 한 마리 있다. '가라앉고 있다'는 말은 정확한 표현이 아닐지도 모르겠다. 증발하듯 사라지고 있다는 뜻으로 한 말이다. 한 조각 한 조각. 아니 한 겹 한 겹. 이 조각들은 매끄러운 콘크리트 바닥에 놓여 있기 때문에 마치 가라앉고 있는 듯 보인다. 다만 사라지는 속도가 너무나 느려, 거의 눈치챌 수 없을 정도다. 돼지가 한때 발이었던 것을 들어 올리면 아무것도 보이지 않는다. 콘크리트 위에도 없고, 돼지에게도 없다. 작은 동강 하나 보이지 않는다. 설명하기 어려운 일이다. 대체 왜 그것을 발이라고 부를까? 돼지는 걸을 수도 없는데. 돼지는 그저 우리 집 뒷방에 머문다. 다른 모든 도시의 집, 다른 모든 가정에 있는 다른 모든 돼지와 똑같이 말이다. 그렇게 머물면서 가라앉는다. 언젠가는 완전히 사라질 거다. 그러면 우리는 새 돼지를 데려와야 할 거다. 그리고 모든 것이 처음부터 반복된다.

돼지는 고통스러울까? 슬플까? 아빠는 아니라고 말한다. 어쩌면 아빠 말이 맞는지도 모르겠다. 돼지는 울지 않는다. 그다지 시끄럽게 굴지도 않는다. 하지만 어쩌면 돼지들은 우리가 알지 못하는 방법으로 고통받고 있을지도 모른다. 돼지가 무엇을 느끼는지 누가 확실하게 말할 수 있을까? 아빠는 돼지가 신경 쓰이면 보지 말라고 말한다. 다만 문을 닫고 불 끄는 것을 잊지 말라고. 하지만 그렇게 하면 우리는 돼지에 대해 더 많이 생각하게 될 뿐이다. 우리끼리 어둠 속에서 생각한다.

왜 돼지는 점점 더 몸이 줄어드는 걸까? 어쩌면 때로는 밖으로 나가서 다른 돼지들을 만나고 여기저기 돌아다니거나, 그게 뭐든 아직 남아 있는 몸뚱이로 할 수 있는 일을 하고 싶을지도 모른다. 어쩌면 돼지도 우리와 똑같이 가족이 있을지 모른다. 형제자매가 있다면 이따금 찾아가 보고 싶지 않을까? 아빠는 아니라고 말한다. 돼지는 가족이 없으며 그런 것을 원하지도 않는단다. 하지만 우리는 아빠가 모든 것을 다 아는 것은 아닐지 모른다는 가벼운 의심이 든다. 아빠가 그 말을 할 때 우스꽝스러운 투로 말하기 때문이다. 우리는 아빠가 우리 생각을 읽고 우리의 의심을 짐작한다는 것을 안다. 아빠는 이렇게 말한다.

"너희들만큼 나도 마음이 안 좋아."

그런 다음 아빠의 습관대로 깊은 한숨을 내뱉는다. 우리는 불을 끄고 엄마가 있는 식탁에 가서 앉는다.

나중에, 모두가 잠들고 모든 시계들이 어제와 오늘 사이의 틈새에 멈춰 서 있고 세상이 파란색이 되면 우리는 살그머니 빠져나온다. 돼지와 함께. 우리는 오븐용 쟁반과 롤러스케이트로 수레를 만들어 두었다. 돼지가 흥분한다. 남아 있는 꼬리 동강을 미친 듯이 흔드는 것으로 미루어 알 수 있다. 거리는 파란색이다. 자동차도, 빈 상점들도, 텅 빈 도로도, 모든 것이 믿기 어려울 정도로 파랗다. 우리도 돼지도 똑같이 그렇게 파랗다. 달은 거대하다. 우리는 돼지를 수레에 태우고 공원으로 가서 마분지통과 물감으로 만든 다리를 돼지 몸에 달아 나사로 고정시킨다. 돼지는 벌써 달려간다. 거리를 따라, 풀밭을 지나, 달 밝은 들판 위로 날듯이 달려간다. 그곳에서는 다른 돼지들이 뛰어놀고 있다. 그들은 잃어버린 형제와 자매를 만나 꿀꿀 꽥꽥 새된 소리를 지르며 서로 이야기를 나눈다. 소동도 그런 소동이 없다! 손바닥을 평평하게 펴서 두 눈에 대면, 건물과 전깃줄과 가로등은 사라지고 오직 나무와 돼지들만 보인다. 오직 나무하고 돼지들만.

[브리기테 야코바이트가 영어에서 옮김]

우편함을 심은 남자

다비드 칼리
Davide Calì

지난 해, 핀란드 여행을 했다. 기차 차창 밖으로 멋진 풍경이 지나갔다. 가을이었다. 내가 아주 좋아하는 계절. 어느 곳엔가 벌써 눈이 쌓여 있었다. 핀란드에 머무는 동안 친구들 집에서 묵었는데, 한 친구가 숲으로 산책하자고 나를 초대했다.

우리는 아주 키가 큰 나무들의 숲을 걸었다. 식물학에는 문외한이라 무슨 나무인지는 모르겠다. 소나무였을지도 모르겠다. 아니면 전나무거나. 아무리 작은 나무라도 20미터쯤 되었던 것 같다.

어딘가에 처음 가면 신기하게도 그곳에 사는 사람들은 알아차리지 못한 사물들이 눈에 띈다. 당신이 살고 있는 도시를 어떤 이방인이 구경할 때와 똑같다. 이 기념비를 세우게 된 계기가 무엇입니까? 또는 저기 궁전 정면에 보이는 특별한 장식이 무슨 의미를 지닙니까? 이방인에게서 얼마나 자주 이런 질문을 받았는지 모른다. 나는 정확히 그 순간마다 그 기념비 또는 장식이 있다는 것을 처음 의식하곤 했다. 전에는 별로 주의를 기울이지 않던 것들이다.

그날 나는 숲에서 나무들에 뭔가 걸려 있는 것을 보았다. 첫눈에는 작은 새집처럼 보였다. 빨간색이었다.

하지만 그것은 새집이 아니었다. 우편함이었다.

누가 숲 한가운데서 우편물을 받을까?

곰? 순록? 다람쥐?

아무튼 재미있는 일이라는 생각이 들었다. 추적해 보아야 할 작은 비밀 같았다.

과연 내 친구는 그 우편함들을 한 번도 본 적이 없었다.

우편함에는 아무 이름도 적혀 있지 않았다.

호숫가로 내려가니 우편함들이 더 있었다. 어떤 것들은 초록색이었다.

우리는 우편함을 열어 그 안에 무엇이 들어 있는지 볼 생각은 하지 않았다. 비록 주인이 없는 듯이 보여도, 누군가의 사생활을 침해하는 일이 될 것 같았기 때문이다. 그런데 나중에 우리는 열려 있는 우편함을 보게 되었다. 놀랍게도 거기엔…… 책이 가득 들어 있었다.

또 다른 우편함을 발견하고 이번에는 과감히 열어 보았다.

우편함마다 책들이 들어 있었다.

오직 책뿐이었다.

나는 한 권을 꺼냈다. 내가 어렸을 때 읽었던, 옛날 책이었다. 물론 그 책은 핀란드어로 되어 있었지만 표지와 삽화를 보고 내가 읽었던 것과 같은 책임을 알아보았다.

적어도 30년은 된 책이었다.

대체 얼마나 오랫동안 여기 들어 있었을까?

마지막 페이지에 그림이 보였다. 'Exlibris(장서표)'. 많은 사람들이 자신의 이름을 적어 넣기 위해 책에다 찍는 그림들 가운데 하나였다. 그 책은 밀라 라코넨이라는 여자의 것이었다. 나는 궁금해서 다른 책들도 다 찾아보았다. 모두 같은 사람 책이었다.

눈이 내리기 시작했다. 여러 날 동안 우리는 집 밖으로 나가지 않았다. 저녁때는 불가에 앉아 여행이나 요리법에 대해 담소를 나눴다. 하지만 나는 내내 우편함 속 책들의 사연이 무엇일지 생각했다.

밀라 라코넨은 대체 누구일까? 왜 숲 한가운데에 책이 가득한 우편함들을 가져다 놓았을까?

우리가 집 밖으로 나가지 않는 동안 나는 여행에 가져왔던 책들을 다 읽었다. 집 밖으로 나올 수 있었던 첫날, 마을로 산책을 갔는데 도서관이 보였다. 나는 도서관으로 들어갔다.

거기서 뭘 찾기를 기대했는지 모르겠다. 난 그 나라의 언어를 할 수 없는데 말이다. 어쩌면 영어로 된 책을 발견하고 싶었을 수도 있다.

난 이 서가에서 저 서가로 움직이며 나로서는 이해하지 못하는 언어로 쓰인 제목을 알아보려고 애썼다.

그러다 책 하나를 꺼냈는데 책 뒤쪽에서 이 책을 빌렸던 사람들의 이름이 적힌 목록 카드를 발견했다. 대출 일자들은 이미 여러 해 전으로, 컴퓨터가 아닌 목록 카드에 펜으로 쓰던 시절의 것이었다.

나는 목록의 맨 윗줄에 적힌 이름을 홀린 듯이 응시했다. 바로 밀라 라코넨이었다.

나는 다른 책을 꺼냈다. 그다음 또 다른 책을, 그리고 또 다른 책을 꺼냈다.

모든 책에 그 이름이 있었다. 언제나 첫 줄에 있었다.

대체 밀라 라코넨은 누구일까?

나는 접수계에 앉아 있는 젊은 여자에게 날 도와줄 수 있느냐고 물었다. 영어로 공손하게. 혹시 밀라를 아십니까?

여자는 모른다고 했다. 도서관에서 일한 지 얼마 되지 않았다는 거다. 여자는 더 오래 있었던 동료 직원을 불렀다.

그 직원은 밀라 라코넨이라는 이름을 알았다.

밀라는 마을 도서관 사서였다.

지난해에 세상을 떴다고 했다.

그분은 어디 사셨나요? 가족들을 아십니까?

돌아온 대답들은 더 많은 것을 알려는 내 시도에 마침표를 찍었다.

밀라는 결혼하지 않았고, 가족이 없었다.

나의 체류는 끝나 가고 있었다. 결국 나는 밀라가 도서관 사서였고 지금은 살아 있지 않다는 것만 알아냈다. 하지만 왜 그녀는 책들을 숲에 갖다 놓았을까?

하마터면 결코 알아내지 못할 뻔했다.

출발 전날, 한 친구가 함께 하루를 보내자고 제안했다.

나는 친구를 숲으로 데려가기로 했다. 숲 특유의 냄새와 바스락대는 소리, 나무 사이로 새어 드는 빛이 그 어떤 것보다 나를 매혹시키는 곳으로.

그리고 그곳에서 그를 보았다.

그는 낡은 진을 입고 녹색 부츠를 신고 붉은색 아노락 재킷을 걸치고 있었다.

남자는 막 우편함 하나를 나무에 고정시키고 있었다.

그는 우리가 다가오는 것을 보고 빠른 걸음으로 자리를 떴다.

"이봐요! 기다려요!"

남자가 멈춰 서며 자기는 아무 나쁜 짓도 하지 않았다고 말했다.

우습게도 남자는 우리를 숲지기로 생각했던 거다!

남자는 자신의 오두막에서 자초지종을 이야기해 주었다.

그의 이름은 알바르였고, 줄곧 숲에서 혼자 살았다.

마흔다섯 살이 될 때까지 자신에게 누이가 있다는 사실도 몰랐는데, 어느 날 누이가 그의 오두막에 나타났다.

누이는 도서관 사서였다. 자신은 글도 읽지 못하는데 누이는 도서관 사서라니. 상당히 기이한 일이었다.

8년 동안 월요일마다 누이는 비스킷과 차, 책들을 가지고 그를 찾아왔다. 누이는 그를 위해 책을 읽어 주었다. 낭독해 주었던 것이다.

책 한 권을 다 읽으면 그에게 그 책을 선물했다.

누이가 죽자, 알바르는 이제 자신에게 글을 읽어 줄 사람은 없을 테니 이 모든 책을 간직하는 것은 아무 의미가 없을 거라고 생각했다. 하지만 누군가 책을 좋아하는 사람이 있을 수 있기에, 자신이 아는 유일한 장소인 숲에 책을 갖다 놓자고 생각했다.

그리고 그는 우편함을 설치하기 시작했다.

남자는 소장한 책들을 보여 주었다. 이제 얼마 남아 있지 않았다.

남자가 이야기하는 동안 나는 아주 뜻밖의 장소와 사람에게서 천재성을 발견했다는 생각이 들었다. 그는 글을 읽지 못하면서도 독서가 얼마나 멋진 일인지를 체험했고, 숲 도서관이라는 믿어지지 않는 구상을 해냄으로써 자기 체험을 다른 사람과 나누려 했던 것이다.

나는 묻고 싶은 게 수백만 가지나 되었다.

얼마나 많은 우편함을 만들었습니까? 얼마나 많은 책을 나누었습니까? 얼마나 많은 사람들이 당신이 갖다 놓은 책들을 읽었을 것 같습니까? 우편함을 갖다 놓은 곳들을 표시한 지도 같은 것이 있습니까?

하지만 이 모든 질문이 무의미함을 깨달았다.

사람이 어떻게 모든 것을 다 조직하고 정돈하고 분류할 수 있겠는가.

남자의 도서관에는 목록 카드도, 서고도, 개관 시간도 없었다. 어쩌면 그렇기 때문에 세상에서 가장 멋진 도서관일 수도 있다.

헤어지기 전, 나는 그에게 누이가 선물했던 책 가운데 간직하고 싶은 책은 없는지 물어봐 달라고 친구에게 부탁했다.

그는 있다고 했다. 누이가 읽어 준 첫 책을 간직할 거라고 했다.

그것은 어린이책이었다.

이해하기 쉬운 책이라 어쩌면 언젠가 읽는 법을 배울 수도 있을 것이기에 간직하려 한다는 것이었다.

언젠가 누가 내게 물었다.

"왜 줄곧 이곳저곳 여행을 다니시나요? 집에 가고 싶지는 않으신가요?"

사실 때때로 난 집에 가고 싶다. 하지만 여행을 많이 하면 얼마 후에는 아주 많은 곳이 집이 된다.

다시 보고 싶은 친구들도 아주 많아진다.

와서 앉기를 기다리는 소파도 많아진다.

다시 찾고 싶은 풍경도.

게다가 집에 머물렀더라면 절대 보지 못했을 것들을 여행하면서 보게 된다.

내가 여행을 떠나지 않았더라면, 어떤 숲에 들어가 책이 가득 든 우편함들을 발견하는 일이 생길 수 있었겠는가?

생각들도 여행을 한다. 알바르의 생각은 나와 함께 여행했다.

몇 달 동안 그 생각은 꼼짝도 하지 않고 조용히 있었다.

그런 다음 내 머릿속에서 모기처럼 왱왱거리기 시작했다.

그리고 어느 날 나는 곧바로 무슨 행동을 해야 하는지 깨달았다.

직접 우편함을 만들 수 없기에 돈을 주고 샀다.

우편함에 옛날 책들을 채웠다. 오래전에 좋아했던 책들 가운데서 골랐다.

한편으로는 책과 헤어지기가 힘들었지만, 그 보답으로 사람들이 책을 발견하고 지을 표정을 상상했다.

책들도 우리와 마찬가지로 집에 갇혀 있어서는 안 된다.

책들도 세상으로 나가 여행을 해야 한다.

바람에 흩어지는 낟알들처럼.

[토비아스 셰펠이 프랑스어에서 옮김]

치릅!

마르틴 발트샤이트
Martin Baltscheit

새 한 마리가 둥지에서 떨어진다.

치릅!

호숫가

초원 위

개구리 바로 옆으로.

개굴!

개구리들이 말한다.

치릅!

새가 말한다.

개굴! 개굴! 개굴!
치릅! 치릅! 치릅!

개구리들은 생각한다.
파리치고는 너무 크고 황새치고는 너무 작네.
새는 생각한다.
벌레치고는 너무 크고 엄마치고는 노래를 못하네.
작은 새는 개구리들에게 제대로 노래하는 게 어떤 건지 보여 준다.
치릅!

하지만 개구리들은 이해하지 못한다.
개굴! 개굴! 개굴!
새는 개구리들을 이해하지 못한다.
치릅! 치릅! 치릅!

그때 새는 좀 황당한 짓을 한다.
개굴!

개구리들은 입을 다문다.
저런 개구리는 본 적이 없기에.
저런 개구리는 존재하지 않기에.

WUFF
Tschiep

그때 개구리 하나가 좀 황당한 짓을 한다.

치릅!

다른 개구리들도 따라 한다.

치릅! 치릅!

새가 운다.

개굴! 개굴!

개구리들이 노래한다.

치릅! 치릅! 치릅!

새가 운다.

개굴! 개굴! 개굴! 개굴!

이 뒤죽박죽 소리를 황새가 듣는다.

배고픈 황새는 날개를 활짝 펴고 내려앉는다.

한데 개구리들은 새처럼 울고

새는 개구리처럼 개굴거린다.

황새는 세상이 이해되지 않는다.

황새는 날아가 버린다.

개구리들이 환호성을 올린다.

이제부터 황새가 오면 이렇게 울 거야.

치릅! 치릅! 치릅!

다른 개구리들에게도 말할 거야.
치릅! 치릅! 치릅!

개구리들은 폴짝폴짝 그곳을 떠난다.
작은 새는 혼자 초원에 앉아 있다.
개굴.

나무는 잎이 무성하다.
그늘이 온통 초원을 뒤덮고 있다.
초원에 뭔가 있다.

바스락. 바스락.
킁킁.
개가 뭔가 쓸모 있는 것을 찾고 있다.
개굴!
새가 말한다.
멍멍!
개가 말한다.
개에게 새개구리는 쓸모가 없다.
킁킁. 킁킁. 바스락. 바스락……

개는 가 버린다.

고양이에겐 작은 새가 아주 쓸모가 많다.
놀이에 그만이다.
공 던지기
비석치기
공기놀이.
고양이는 저글링도 좋아한다.
발
두 개, 세 개 또는 네 개로.

실컷 놀았으니
잡아먹어야지.
고양이가 발톱을 쓰윽 내민다.

멍멍!
새가 말한다.
야옹!
고양이는 비명을 지르며 훌쩍 나무 위로 뛰어오른다.

멍멍!
새가 다시 한번 말하며 이빨을 드러낸다.
멍멍! 멍멍! 멍멍!

오리와 백조들도 도망간다.
고슴도치들은 모두 몸을 둥그렇게 만다.

달팽이 하나만 제 갈 길을 가고 있다.
느릿느릿.
작은 새는 달팽이랑 생각이 같다.
나는 나대로 너는 너대로 좋을 대로 살자.

꼬끼오!
누가 도와 달라고 부른다.
꼬끼오!
큰 곤경에 빠진 것 같다.
새는 달려간다.
(거의) 날아간다.
꼬끼오!

수탉 하나가 거름 더미 위에 서 있는데
머리가 불타고 있다. 불타는 듯 보인다.
치릅! 치릅! 치릅!

수탉이 껄껄 웃는다.
치릅? 치릅? 치릅?

수탉은 빨간 머리털을 매만지며 내려온다.

치릅, 치릅, 치릅……

그게 언어야?

꼬끼오!!!

수탉은 아침 식사를 하러 간다.

햇살이 엄마처럼 따뜻하다.

작은 새는 어디로 갈지 알지 못한다.

이곳은 한 번도 온 적이 없기에.

세상은 온통 한 번도 온 적이 없는 곳투성이다.

개굴!

새가 말한다.

멍멍!

그리고

야옹.

그래도 아무도 오지 않는다.

그래서 꼬끼오! 울어 보기도 한다.

세상은 무채색이다.

하늘에는 구름이 가득하다.

땅에는 기쁨이 없다.

개굴! 멍멍! 야옹!

개굴! 멍멍! 야옹!

개굴! 멍멍! 야옹!

그 소리를 나귀가 듣는다.

그리고 감탄한다.

나귀는 언어를 단 한 가지밖에 못 하기에.

그리고 그 언어엔 한 단어밖에 없다.

이-힝!

새는 나귀 울음소리를 듣는다.

이-힝!

새는 아주 낯선 동물을 본다.

동물의 눈이 묻고 있다.

날 도와줄 수 있어?

이-힝!

나귀가 소리친다.

너, 내가 어디 사는지 아니?

이-힝!

나귀가 소리친다.

너랑 함께 갈까?

이-힝!

나귀는 소리치고 강가로 내려간다.

소리 지르느라 목이 마르다.

작은 새는 나귀를 따라간다.

나귀는 기쁘다.

나귀는 다른 언어를 좋아하기에.

치릅. 치릅.

멍멍. 멍멍.

이-힝!

치릅. 치릅.

멍멍. 멍멍.

티릴리! 티릴라!

작은 새는 걸음을 멈춘다.

나귀도 걸음을 멈춘다.

다른 새가 울고 있다!

호숫가에서.

개구리들 바로 옆에서.

대체 누굴까?

손님

톤 텔레헨
Toon Tellegen

1.

오소리가 사는 커다란 집에는 방이 수백 개였다. 그런데도 방의 수는 계속 늘어났다.

부엌을 찾을 수 없으면 새 부엌을 지었고, 어느 날 저녁 눈을 떴는데 방 창문에 뿌옇게 김이 서려 밖에 비가 오는지 어쩐지 볼 수 없게 되면 김이 서리지 않는 창유리가 달린 새 침실을 지었다. 오소리의 생일은 늦은 가을인데, 생일에는 현관문 앞 작은 풀밭에서 축하 파티를 했다. 이 풀밭은 각종 창고들 사이에 있었다. 모자 창고, 신발 창고, 겨울 외투 창고, 빗자루 창고 등등, 있을 수 있는 창고가 다 있었다. 이런 식으로 오소리는 언제나 끝도 없이 찾지 않고도 필요한 모든 것을 발견할 수 있었다. 오소리가 단순함만큼 사랑하는 것은 없었기에 밤낮으로 방해가 되는 모든 것을 단순하게 만드는 데 전념했다. 그리고 생일날, 여기저기서 동물들이 옷깃을 세우고 찾아왔다.

오소리는 현관 앞에 서서 손님들을 집 안에 들일 수 없다고 말했다. 다들 집 구조를 모르니 안에 들어가면 너무 복잡하다고 느낄 거라고.

"그럼 어디서 생일 축하를 하려고?"

"여기 바깥, 현관 앞에서." 오소리가 대답했다.

동물들은 고개를 끄덕이고 외투를 더 단단히 여몄다. 쌀쌀한 저녁이었다. 그들은 주위를 둘러보았다. 보아하니 먹을 것은 하나도 없었다. 오소리가 설명했다. 요리를 하는 부엌이 너무 멀리 떨어져 있어서 그렇다…… 부엌에 가서 생일 음식 같은 것을 가져오려 한다면, 돌아왔을 때는 이미 생일이 아닐 거다…… 게다가 이미 모두 집에서 식사를 하고 왔을 테니까…… 그러면서 동물들에게 선물들을 바닥에 내려놓으라고 재촉했다. 모두 돌아가면 자기가 분류하고 정리할 생각이었다.

작은 풀밭은 비좁았다. 모두가 있을 만한 자리가 없었다. 춤추는 것은 불가능했다. 하지만 동물들은 쾌적하다고, 이처럼 쾌적한 생일 축하 파티를 한 적은 한 번도 없는 것 같다고 했다. 그런데 비가 오기 시작했다. 몇몇 동물들이 혹시 집 안으로 들어갈 수 없겠느냐고 물었다.

"모두가? 집 안 어디로?" 오소리가 물었다.

오소리는 다들 너무 젖어 있어서 적당한 방을 찾는 데 시간이 너무 많이 걸릴 거라고 설명했다. 비상시를 위한 방이 하나 있어야 하는데, 현재로선 하나도 없다…… 그렇지만 지금 비가 와서 다행이다…… 덕분에 그런 방을 지어야 할 생각이 났기 때문이다……. 오소리는 두 손을 비비며 말을 이었다. 어쩌면 지을 방은 한 개만이 아닐지도 모른다…… 요컨대 여러 종류의 비상시가 있을 테니까…….

"그럼 차라리 집으로 돌아갈까?" 동물들이 물었다.

"그게 가장 간단한 해결책인 것 같아." 오소리가 말했다.

동물들은 오소리와 악수를 하며 축하 파티에 감사를 표하고 얼른 집으로 돌아갔다.

모두들 떠나자 오소리는 선물들을 쓸어 모아, 어디에 쓰려고 했는지 잊어버렸던 창고 하나에 밀어 넣고 집 안으로 들어갔다.

비상시를 위한 방이라……. 오소리는 생각했다. 당장 내일 짓기 시작해야겠다. 비상시는 얼마든지 많았다! 오소리는 기뻐서 다시 두 손을 비볐다.

2.

족제비는 손님이 예기치 않게 불쑥 찾아오는 것을 무척 좋아했다. 이따금 누군가 문을 두드리며, 우연히 들렀는데 방해가 되지 않았으면 좋겠다고 말했다. 그러면 족제비는 문을 열지 않고 안에서 외쳤다.

"그래, 자네가 오늘 들를 줄 알았네……. 그러니 다른 때 다시 오게. 내가 예측하지 못했을 때 말일세."

그러면 우연히 들른 방문객은 실망해서 가 버렸다.

어느 날 아침 족제비는 누군가 오는 소리를 들었다.

"족제비 있나?" 목소리가 말했다.

"누구야?" 족제비가 물었다.

"알아맞혀 보게."

족제비는 얼른 누가 올 수 있을까, 누가 오리라 예상했었나, 곰곰 생각해 봤지만 아무도 떠오르지 않았다.

"모르겠는걸. 하지만 누군가 와서 '내가 누군지 알아맞혀 봐.'라고 말할 줄 알았지. 그러니 갈 길을 가게나!"

"자네 주려고 뭘 갖고 왔는데." 목소리가 말했다.

족제비는 귀를 쫑긋 세우고 커튼 사이로 밖을 엿보았다. 하지만 누가 문밖에 서 있는지 보이지 않았다.

"거기 누구야?" 족제비가 물었다.

"문을 열어 보게." 목소리가 말했다.

족제비는 심장이 쿵쿵 뛰는 것을 느꼈다. 지금 내가 느끼는 것을 사람들은 갈등이라고 부르지. 족제비는 생각했다.

"잠깐 기다리게. 생각 좀 해 봐야겠네." 족제비가 말했다.

정말 어렵구나. 족제비는 생각했다.

"난 예기치 않게 찾아왔네. 내가 온 까닭은 자네에게 줄 것이 있어서야." 목소리가 말했다.

족제비는 벌떡 일어서며 말했다.

"이러면 어떨까? 문 앞, 바닥에 내려놓고 가는 걸세. 더 오래 기다려야 한다면 매우 섭섭할 테니까. 자네를 들일지 말지를 먼저 생각해야 하는데, 오래 걸릴 수 있으니 말이야."

"아, 아닐세. 상관없네. 그래도 기다릴 수 있어." 목소리가 말했다.

"하루 종일 걸려도?"

"그렇다네."

"정말 왜 왔지? 오라고 초대도 안 했는데? 그냥 갈 길을 가게. 언제 와도 될지 편지를 보내겠네. 더 이상 할 말이 없네!"

족제비는 겁이 났다. 머릿속의 갈등 때문에 기절할 것 같았다. 이제 문을 열 수는 없어. 족제비는 생각했다. 하지만 어쩌면 정말 특별한 것을 가져왔을지도 몰라! 머릿속 한가운데서 일종의 아쉬움이 또 다른 아쉬움과 힘껏 맞부딪쳤다. 그날은 아침에 눈을 떴을 때 상상했던 것과는 완전히 다르게 흘러갔다.

한참을 곰곰 생각한 뒤 족제비는 가능한 한 소리 없이 집 뒷벽에 구멍을 뚫고 밖으로 기어 나갔다. 발끝으로 살금살금 벽을 따라 현관문이 보이는 모퉁이까지 간 뒤 조심스레 엿보았다.

아무도 없었다.

"어떻게 이런 일이?" 족제비가 외쳤다. 현관 앞은 텅 비어 있었다.

족제비는 현관문으로 들어와 침대 속으로 기어들었다.

숲은 고요했다. 족제비는 앞으로 어떤 손님을 맞고 싶은지 곰곰 생각했다. 대체 어떤 손님이 있을 수 있을까?

3.

긴꼬리원숭이는 사막에 살고 있었고 손님이라곤 전혀 찾아오지 않았다.

기억할 수 있는 한 누가 찾아온 적이 한 번도 없었다.

바라는 게 많지 않은데……. 긴꼬리원숭이는 생각했다. 오직 손님밖에 없는데. 다른 건 없는데. 그게 지나친 바람이라고는 할 수 없잖아.

긴꼬리원숭이는 하루 종일 손님을 생각했고, 손님이 찾아오는 꿈을 꾸었고, 심지어는 손님만 찾아온다면 추워도 좋고 두통이 있어도 좋을 것 같았다.

현관문에는 팻말이 하나 걸려 있었다.

드디어!

누가 찾아와 문 앞에 서면 이 글을 읽을 거야. 긴꼬리원숭이는 생각했다.

드디어? 무엇을 뜻하는 거지? 그는 이렇게 생각할 거야…….

나는 집 안에 있다가 그가 오는 것을 보게 될 거야. 나는 숨을 참을 거야. 심장이 두근거릴 거야. 하지만 그는 듣지 못해.

그는 한 걸음 뒤로 물러서 얼굴을 찌푸리며 외치겠지.

"여보세요! 여기 팻말에 쓴 글은 무슨 뜻입니까?"

그러면 난 외칠 거야.

"당신이란 뜻이에요! 드디어 말이죠! 절 찾아오신 거죠?"

"네. 괜찮으시겠습니까?"

그러면 난 문을 열 테고 그는 안으로 들어올 거야. 날 찾아온 손님.

"절 오랫동안 기다리셨나요?" 그는 물을 거야.

"네." 난 대답해.

"몰랐습니다. 알았더라면 틀림없이 더 일찍 왔을 텐데요."

"괜찮아요. 이제 오셨잖아요." 내가 말해.

"네. 그러네요." 그가 말해.

그는 주위를 둘러보고 탁자 옆에 있는 장식 의자를 가리켜.

"저게 뭐지요?" 그가 물어.

"당신 의자예요. 벌써 몇 년 전부터 마련해 놨어요. 거기 앉은 이는 아직 아무도 없답니다."

그는 의자에 가서 앉고 난 부엌으로 가서 오늘 아침 구워 놓은 케이크를 가져와. 아직 모락모락 김이 나고 있어. 손님은 냄새를 깊이 들이마셔. 그의 입에 침이 고여.

"드세요." 나는 그의 앞 탁자 위에 케이크를 놓아.

"당신을 위해 구운 거예요."

그는 놀란 눈으로 나를 봐.

"제가 오늘 오리라는 것을 어떻게 아셨나요?"

나는 어깨를 으쓱하며 말해.

"매일 아침마다 새 케이크를 구웠다가 저녁때 버려요. 집 뒤 사막에요. 하지만 오늘 저녁엔 버리지 않아도 되겠어요."

그가 케이크를 먹어. 입맛을 다시며, 음미하듯.

"세상에 이런 맛이……." 그가 또 한 입 베어 물기 전에 중얼거려.

그가 케이크를 먹는 동안 나는 그를 구경해. 나를 찾아온 손님.

그는 마지막 부스러기를 입에 넣고 입술을—그가 코끼리라면 코를, 기린이라면 목을—깨끗이 핥고 등을 의자에 기대고 잠이 들어. 그 케이크는 그가 한 번도 본 적도 없고, 먹어 보지도 못한 대단한 거였어.

그는 코를 골아. 난 나쁘다고 생각하지 않아. 그가 만족스럽다는 뜻이니까. 나도 만족스러워.

몇 시간 뒤 그가 눈을 뜨더니 벌떡 일어서며 외쳐.

“여기가 어디죠?”

“제 집이에요.” 내가 말해.

그러자 그가 나를 보며 고개를 끄덕여.

“세상에 이렇게 편안할 수가…….” 그가 말해.

그런 다음 우린 춤을 춰. 난 한 번도 춤을 춘 적이 없다고 말하니까 그가 추는 법을 알려 줘. 우리는 방 안을 빙글빙글 돌며 춤을 춰. 실컷 춤을 춘 뒤에는 수천 가지 것들에 대해 이야기를 나눠. 그는 우리가 나눌 수 있는 이야기가 무엇인지 정확히 알아. 난 이야깃거리를 생각해 낼 필요가 없어.

저녁 무렵 그는 다시 떠나.

“고맙습니다, 긴꼬리원숭이 씨.” 그가 말해.

“고맙습니다, 오랫동안 기다리던 손님 씨.” 내가 말해.

우리는 둘 다 너무 행복해. 이렇게 행복한 적은 한 번도 없었어.

나는 그를 배웅해. 하지만 그를 부르지는 않아. 그럴 수도 없어. 흐느껴 울어야 하거든. 눈물이 뺨 위로 줄줄 흘러내려.

안녕, 손님 씨, 난 생각해.

안녕, 친애하는 손님 씨. 그런 다음 그는 사라져.

나는 ‘드디어’라고 쓴 팻말을 문에서 떼어 내고 집 안으로 들어가 모든 것을 깨끗하게 치워.

그런 다음 나는 잠을 자러 가. 어쩌면 문밖 모래 위에 누워 별들을 올려다볼지도 몰라. 아직은 잠들 수 없어.

긴꼬리원숭이는 그런 상상을 했다. 매일 새로이. 아직은 손님이 온 적이 없었다. 하지만 그건 중요하지 않다고 긴꼬리원숭이는 생각했다.

4.

너구리는 자러 가고 싶었지만 누군가 방해할까 봐 두려웠다. 그래서 '아무도 방해하지 마시오.'라고 쓴 팻말을 문에 걸었다.

너구리는 생각했다. 그런데 누가 지나가다가 팻말을 읽는다면 당연히 혹시 노크도 '방해'가 되는지 생각할 거야. 당연해. 나도 그럴 테니까. 그러고는 자기 생각이 맞는지 알아보려고 문을 두드릴 거야.

"너구리야, 나 아무개야. 혹시 방해되니?"

너구리는 새 팻말에 '나 자고 있음.'이라고 썼다. 더 분명하군. 너구리는 새 팻말을 문에 걸었다. 사실 난 아직 자고 있지 않지만.

그렇지만 침대에 누우려는데 이런 생각이 들었다. 누군가는 이렇게 생각하면 어쩌지? 자고 있다고 쓰여 있기는 한데…… 어쩌면 저건 한참 전에 걸어 놓은 팻말인지 몰라. 지금은 일어났는데 팻말 떼는 것을 잊고 그냥 두었을 거야…… 하고.

너구리는 고개를 끄덕이며 두 번째 팻말을 문에서 떼었다. 그 팻말 역시 아무 소용이 없었다. 너구리는 생각에 잠겼다. 어쩌면 '출입 금지'라고 써야 할지도 모르겠다. 내가 자고 있든 깨어 있든 다 해당되는 말이니까.

하지만 그 팻말은 너무 심한 것 같았다. 어쩌면 방문객들은 외치기 시작할 거야.

"출입 금지가 뭐래! 우리 왔다고!"

그리고 문을 쿵쿵 두드릴 거야. 어쩌면 몇 시간이고 두드릴지도 몰라.

아냐. 그건 안 되지. 너구리는 생각했다. 그렇게 되면 진짜로 방해받는 느낌이 들 거야.

너구리는 창가에 서서 밖을 내다보았다. '지금 바쁨.'이라고 쓴 팻말을 걸어도……. 너구리는 생각했다. 당연히 그들은 창문을 두드리며 "도와줄까?"라고 물을 거야. 기꺼이 돕겠노라며. 그럼 난 나를 도와주려면 어떻게 해야 하는지 말할 수밖에 없어. 난 자겠다고 말해야겠지. 그렇게 말하지 않으면, 그들은 내가 왜 바쁜지 궁금해서 날 도와줄 방법이 있는지 보려고 안으로 들어올 테니까. 그럼 당연히 그들은 서로 어깨를 치며 말할 거야. 재 참 재미있다고. 자려고 바쁘다니, 그렇게 재미있는 이야긴 여태 들어 본 적이 없다고……. 난 재미있고 싶지 않아. 잠을 자고 싶어.

그런 다음 너구리는 '예의에 맞는 거리를 지켜 주시오.'라고 쓸까 생각했다. 하지만 예의에 맞는 거리는 얼마만큼일까? 어떤 동물들에게는 1밀리미터밖에 안 될 수도 있어. 너구리는 생각했다.

내가 자고 있으면 그들은 내 얼굴을 아주 가까이서 들여다보면서, 서로 툭툭 치며 말할 거야.

"봐, 자고 있어. 꿈을 꾸고 있어……!"

그러고는 내 얼굴을 더 가까이서 들여다볼 거야. 어쩌면 0.5밀리미터 거리를 두고 말이야. 예의에 맞는 것하고는 완전 딴판이지. 예의에 맞건 말건 그냥 궁금한 거야.

'사라지시오.' 그것도 괜찮겠다고 너구리는 생각했다. 하지만 그걸 보면 두 번 다시 찾아오지 않을지도 몰라. 아무도 말이야. 그렇게 되면 난 앞으로 완전히 혼자 남게 되겠지. 내가 부르면 그들은 대답할 거야.

"사라지라며!"

결국 더는 생각나지 않았다. 게다가 너구리는 정말 잠을 자고 싶었다. 그래서 문을 닫고 옷장과 탁자와 의자를 밀어 옮겨 놓고 커튼을 치고 침대에 들었다.

그런데 한 번 돌아눕기도 전에 문을 두드리는 소리가 났다.

"누구세요?" 너구리가 물었다.

"다람쥐야. 방해한 거 아니지?" 목소리가 말했다.

너구리는 잠시 생각하다가 하품을 하고 기지개를 켜고 침대에서 내려와 말했다.

"아니야."

조금 뒤 너구리는 다람쥐와 함께 차를 마셨다. 이제까지 그 어느 때보다 가장 기분 좋은 방문이었다.

[미리암 프레슬러가 네덜란드어에서 옮김]

마법의 힘

뱅상 퀴벨리에
Vincent Cuvellier

나는 평범한 아이로, 평범한 나라에 산다. 아침이면 침대에서 일어나(평범하다), 평범한 아침 식사를 하고 이를 닦는다(평범하다). 평범한 부모에게 입을 맞추고, 내 여동생과 조금 옥신각신 말다툼을 한다. 이 역시 아주 평범한 일이다. 그런 다음 도로 쪽 길로 가면 거기 학교가 있다. 학교 역시 아주 평범한 초등학교이다. 내 선생님 역시 평범한, 아주아주 평범한, 초등학교 남자 선생님이라고 말할 수밖에 없다. 선생님은 바지와 스웨터를 입고 있다. 머리카락은 그다지 많지 않다. 몇 개밖에 없다. 난 아침이면 따분하고, 오후면 지루하고, 남은 시간 내내 하품만 나온다. 쉬는 시간에는 쉬지 않고 뛰어다닌다.

나는 모르겠다. 무슨 일이 일어났는지, 왜 모든 것이 이렇게 평범해졌는지 모르겠다. 전에는 달랐다. 난 기억한다. 그때는 아직 어렸지만 그래도 기억하고 있다. 모든 것이 커다랬고, 모든 것이 조금 말이 안 되었고, 모든 것이, 뭐라고 할까, 평범하지 않았다. 엄마 아빠, 맞다. 엄마 아빠가 그 예이다. 아빠는 거대했고 거인의 목소리를 갖고 있었다. 사랑하는 거인이긴 했지만 그래도 거인은 거인이었다. 아빠는 해적 책에 나오는 해적하고 똑같은 수염을 기르고 있었고, 나를 무릎 위에 올려 놓기도 하고 하늘을 날게 하기도 했다. 아빠는 나를 떨어뜨린 적이 없었다. 아빠는 산이었다. 여기저기 흔들흔들하는 재미있는 산이었다. 뚱뚱한 배를 지닌 산.

그리고 엄마. 엄마는 정말 끝내줬다! 엄마는 요정과도 같았다. 언제나 뛰어다니고, 웃고, 심지어는 날기도 했다! 그렇다. 엄마는 날았다. 버스 뒤를, 기차 뒤를, 자신보다 더 빨리 달리는 모든 것을 뒤쫓아 날았다. 엄마한테서는 좋은 냄새가 났다. 지금도 여전히 좋은 냄새가 나지만 옛날 그 냄새는 이제 아니다. 당시 엄마에게선 초콜릿, 벌꿀, 꽃 냄새가 났다. 한꺼번에 조금씩 동시에. 달콤한 빵 냄새가 아빠 양말 냄새만큼이나 강했다.

그리고 내 여동생. 여동생은 마법사였다. 처음에는 없었는데 갑자기 나타났다. 게다가 작았다! 아주 작았다. 보이지 않을 정도로 작았다. 대신 소리를 냈다. 여동생은 거인이나 늑대, 소방차 사이렌보다 더 힘차게 울부짖었다. 그리고 쉬를 했다. 몇 리터나 될 정도로 많이. 그리고 응가도 했다. 몇 톤이나 될 정도로 많이. 10년 동안 기저귀를 갈아 주어야 했다. 10년이나…….

그리고 나. 나는……. 내 학교는 세상의 반대편 끝에 있었고 선생님은 나이 많은 대머리 마법사였다. 그는 평생 스웨터나 바지를 갈아입은 적이 없었고, 거기에는 별로 얌전하지 않았던 아이들이 남긴 얼룩들이 있었다. 운동장은 훨씬 더 나빴다. 전쟁터였다. 진짜 전쟁. 도처에 여자애들의 비명, 울음, 울부짖음이 있었고, 방금 울부짖던 여자애 뒤를 쫓는 사나운 남자애들이 있었다. 피와 반창고, 때로는 상처에 바를 요오드팅크까지 있었다. 학교는 끔찍했다. 정말 끔찍했다…….

심지어는 해마다 우리에게 킥보드를 가져다주는 빨갛고 하얀 할아버지도 있었다. 할아버지는 공중을 날아서 굴뚝으로 들어왔다. 우리 집에는 굴뚝이 없었는데도 말이다. 참, 이빨 요정도 있었다! 내 이가 하나 빠질 때마다 찾아오는 작은 쥐 요정 말이다. 이빨 요정은 꼭 밤에, 늘 밤에 왔다. 내 이가 빠진 걸 어떻게 아는지는 모르지만. 요정은 나를 깨우지 않고 빠진 이를 가져가고 베개 밑에 금화 한 닢을 놓아 두었다. 신기했다. 모든 것이 다 신기했다. 평범한 것은 하나도 없었다.

어느 날 왜 그런 일이 벌어졌는지 난 모르겠다. 아빠는 수염을 떼어냈고 엄마는 다른 향수를 썼다. 여동생은 너무 달라져 이제는 기저귀를 갈아 줄 필요가 없었다. 학교는 거리 반대편으로 옮겨졌고 선생님은 스웨터와 바지를 빨아 입었다. 빨간 할아버지는 이제 굴뚝으로 들어오지 않았다. 어쨌거나 우리에게는 라디에이터가 있었다. 그리고 이빨 요정은 고양이에게 잡아먹힌 것이 분명했다. 아무튼 난 이제 이가 다 있다. 모든 것이 평범해졌다. 끔찍할 정도로 평범해졌다. 사물들이 평범해질수록 난 그만큼 더 슬퍼졌다. 오렌지주스는 마치 부추주스 같은 맛이 났다.

그 일은 학교에서 일어났다. 그렇다. 보통은 절대 별일이 일어나지 않는 학교에서 말이다. 내가 몇 살 때였더라? 여러분과 같은 나이였을 거다. 선생님이 이제 글짓기를 할 거라고 말했다. 우린 그게 무엇인지 몰랐다. 선생님이 말했다.

"내가 여러분에게 주제를 주면 쓰고 싶은 대로 쓰는 겁니다."

우리가 어떻게 해야 할지 모르자 선생님이 말했다.

"단어들을 쓰는 거예요. 단어들은 문장을 만들지요. 그렇게 써 가면 됩니다."

그건 아주 쉬워 보였다. 선생님은 칠판에 이렇게 썼다.

"여러분에게 마법의 힘이 생겼다고 상상해 보세요."

나는 미소를 지었다. 미소가 머릿속으로 올라왔다. 두 눈을 감았다 다시 떠 보니 통통한 빨간색 개가 앞에 서 있었다. 차우차우 종이었다. 개가 말했다.

"뱅자맹, 선물이 있어."

"오, 고마워. 뭔데?"

내가 물었다.

“지우개!”

“나 지우개 있는걸!”

“그래. 그런데 이건 마술 지우개야. 맞춤법이 틀린 글자를 지워 주거든!”

개는 두툼한 앞발로 작고 하얀 지우개를 내밀었다. 그 작고 하얀 지우개는 저절로 내 종이 위를 미끄러지더니 틀린 곳을 지웠다. M을 한 번 써야 하는데 두 번 쓴 것이다.

지우개는 조금 더 움직이더니 또 잘못을 잡아냈다. 쉼표를 잘못 썼던 것이다. 그다음에는 H를 너무 많이 쓴 곳을 찾아냈다.

나는 웃으며 개를 바라보았다. 개 역시 웃었다. 지금 고백하자면 웃는 개를 난 흔히 있는 평범한 일로 완전히 받아들인 거다.

선생님이 물었다.

“좋아요. 이제 다 썼나요?”

그때 개가 사라지고 지우개도 사라졌다. 내 종이 위에는 단어들이 있었고, 그 단어들은 나란히 늘어서서 문장을 이루고 있었다.

쉬는 시간에 모두들 자신의 마법의 힘을 이야기했다. 날거나 사라진 이야기, 또는 아주 힘이 세진 이야기, 요정이나 용이 된 이야기, 벽을 뚫고 지나간 이야기. 그러나 아무도, 정말 아무도, 붉은 개가 맞춤법이 틀린 글자를 지우는 지우개를 선물했다는 이야기를 한 사람은 없었다. 우리가 다시 교실로 들어가니 선생님은 다들 글을 잘 지었다고 말했다. 모두 상상력이 풍부하다면서 그 가운데 가장 마음에 드는 글을 낭독해 주겠다고 했다. 선생님이 첫 단어를 읽기 시작하자마자 나는 발끝부터 빨개지기 시작했다. 그 빨간색은 머리 꼭대기까지 올라왔다. 그냥 빨간색이라기보다는 미소였고, 미소로 이루어진 태양이었다! 내 이야기가 끝나자 모두들 박수갈채를 보냈다.

나는 내 마법의 힘을 발견했던 것이다. 나는 이야기를 하게 될 거다. 그날부터 그 어느 것도 평범한 것은 없을 거다.

[토비아스 셰펠이 프랑스어에서 옮김]

나의 여섯 번째 감각

타미 셈-토브
Tami Shem-Tov

우리가 사는 건물에 가난한 사람들을 위한 공짜 식당이 문을 열었을 때 난 내게 육감이 있다는 것을 발견했다. 난 이미 가지고 있는 다섯 가지 감각으로 충분했으며, 어떤 감각을 더 갖게 되는 걸 바라지 않았다. 특별히 즐거운 감각을 얻은 것도 아니었다. 미래는커녕 다른 뭔가를 예견하지도 못했다. 공짜 식당—그런 식당을 사람들은 빈민 식당이라고 부른다—역시 내게 아무런 기쁨도 주지 않았다. 사실 그건 우리 모두의 여름을 망쳤다.

"이제 온 도시에서 이리로 몰려올 거야."

엄마가 격노해서 말했다.

"우리 공원에서 어정거리는 인간들로는 충분치 않다는 걸까?"

우리 건물 아래쪽 커다란 공원에 눌러앉은 부랑자들을 두고 한 말이었다. 그들은 벤치에서 잤고, 공용 수돗가에서 씻었으며, 개인 소지품을 울타리의 덤불에 숨겼다. 어쨌든 그들은 이웃이었다. 달갑지 않은 이웃이긴 했지만. 그리고 이제 식당 때문에 더 많은 부랑자들이 우리 지역에 올 것이고 어쩌면 우리 공원에 눌러앉을 것이다.

"식당 때문에 집값이 떨어질 거야."

아빠가 한숨을 쉬며 말했다.

"시에서 행정을 이리도 건방지게 할 수 있나."

우리 건물 맨 아래층은 시 소유였다. 그곳에 사무실이 있을 때는 아무에게도 폐가 되지 않았다. 하지만 층 전체를 온 도시의 빈민과 부랑자들을 위한 거대한 부엌으로 바꾼 지금은 온 이웃 사람들이 크게 분노했다.

"전에는 아이들을 여기서 맘 놓고 조용히 키울 수 있었는데."

엄마가 말했다. 엄마 자신도 이 집에서 자랐다. 조용히, 아주 조용히 살았다. 내가 태어나기 전에 세상을 뜬 엄마의 부모님은 청각 장애인이었다. 그들은 수화로 이야기를 나누었고, 아무도 그 고요한 집에서 우리 엄마의 기척을 듣지 못했다. 우리 집은 고요한 것과는 딴판이다. 특히 엄마와 언니 때문이다. 그들은 아주 큰 소리로 대화를 하고, 때로는 악을 쓰기도 한다.

나는 코를 막았다. 맨 아래층에서 올라오는 냄새 때문에 구역질이 났다. 나는 무슨 냄새인지 정확히 알았다. 고기와 쌀과 콩과 기름과 온갖 양념이 뒤섞인 뜨거운 음식 냄새였고 강한 세제와 뜨거운 물 냄새도 났다.

"어떻게 냄새를 하나하나 구분해서 맡을 수 있어? 너, 개야?"

언니가 성을 내며 물었다.

엄마가 언니를 나무랐다.

"너도 재가 감각에 문제가 있다는 걸 잘 알잖니. 재의 감각은 지나치게 일하지."

"알아요, 알아."

언니가 이마의 여드름을 쥐어뜯으며 말했다.

"재가 너무 잘 듣고, 너무 격렬하게 느끼고, 냄새를 너무 잘 맡고, 다른 사람들은 보지 못하는 것을 본다는 테스트 결과가 나온 뒤부터, 우린 재가 유리로 만들어지기라도 한 듯 조심해야 하죠."

"그만 좀 쥐어뜯어라. 자신에게 상처를 주면 흉터가 남는다."

엄마가 말했다.

하지만 언니는 계속 쥐어뜯으며 입을 삐죽거렸다.

"그리고 나는 고삐 풀린 망아지 취급하고."

엄마가 말했다.

"불평만 하지 말고 상대를 고려하는 태도를 취할 수도 있을 텐데."

다시금 심리학자들이 내가 했던 말을 엄마에게 일러바친 것이 참 유감스럽게 여겨졌다. 난 엄마가 목소리를 높이면 작고 텅 비고 닫힌 방에서 울리는 트럼펫 소리 같다고 말했다. 그들은 엄마에게 더 작은 소리로 말하라고 충고하는 것으로 충분했을 것이다. 그랬더라면 엄마는 필요 이상으로 기분이 상하지 않았을 거다. 사람들이 엄마 말을 듣지 못하기라도 하는 듯 큰 소리로 말하는 것은 엄마 책임이 아니다. 그렇게 자랐기 때문이다.

엄마는 내 콧구멍이 냄새에서 해방되어 내가 제대로 숨 쉴 수 있도록 창문을 닫고는, 다시 아빠가 있는 책상 옆에 가서 앉았다. 그날은 여름 방학이 끝나는 날이었고 엄마 아빠는 우리 건물의 주민들과 마찬가지로 공원이 내다보이는 두 이웃 건물에 사는 성난 주민들을 위해 긴급 회의를 조직하는 데 몰두하고 있었다. 엄마 아빠는 컴퓨터 앞에 앉아서 회의 때 쓸 파워포인트 프레젠테이션을 만들었다. 또 오늘 저녁 9시 반에 모든 사람들이 우리 집에 확실하게 오도록 여러 통의 문자를 보냈다. 그들은 이웃 주민에게 손해를 끼치는 새 식당에 관해 토론할 예정이었다.

나는 코를 창유리에 바짝 대고 서서, 저 아래 공원 가운데부터 우리 건물 맨 아래층 입구까지 뻗어 있는 긴 줄을 내려다보았다. 그 줄에서 적어도 절반은 아는 얼굴이었다. 그들은 이곳의 붙박이들이었다. 보통 벤치 위에 길게 누워 있거나, 덤불 속에 보관해 놓은 비닐봉지들을 살펴보곤 했다. 덤불은 그들이 공중화장실 뒤 수도에서 씻을 때, 아니면 플라스틱 병이나 깡통을 찾아보거나 또는 다른 이상한 일에 몰두할 때 은신처로도 쓰였다.

"내가 어렸을 땐 말이다."

엄마가 문자를 계속 열심히 쓰면서 말했다.

"공원에 부랑자들이 없었다. 사람들은 아침에 일하러 가서 저녁에 집에 돌아왔지. 하루 종일 공원을 배회하면서 아이들을 놀라게 하는 사람은 없었어."

엄마는 휴대폰에서 고개를 들며 우리를 향해 외쳤다.

"그만 좀 봐라!"

엄마의 말이 온 집 안을 우렁우렁 울렸다. 엄마는 당황해하며 나를 바라보더니 목소리를 낮추어 덧붙였다.

"눈을 마주치지지 마. 그랬다가는 우리 집에 와서 자기들 휴대폰을 충전하려 들 거다."

"저 사람들 휴대폰이 있어요?"

내가 물었다.

"누가 알겠니."

엄마가 중얼거렸다.

전에 엄마는 공원의 거주자들을 증오하지 않았다. 적어도 지금처럼은 아니었다. 어쨌든 엄마는 늘 그들과 눈을 마주치지 말고 가까이 하지 말라고 해 왔다.

마치 내가 그럴 수 있는 것처럼 말이다. 멀리서부터 그들의 불결한 냄새를 맡는 내가 말이다. 하지만 예전에, 아직 공원에 사람이 그다지 많지 않았을 때, 엄마는 화를 내지도 그들을 비난하지도 않았다. 그들이 그토록 몰락한 것을 보면 틀림없이 나쁜 일을 겪었을 거라고만 말했다. 엄마는 그들에게 연민을 품고 있었고 아빠 몸에 헐렁해져 못 입게 된 옷가지들을 주었다. 아빠는 심장 발작을 겪었는데, 발작이 또 일어나는 것을 막기 위해 체중을 줄여야 했다.

그렇지만 더 많은 사람들이 공원으로 온 뒤로 엄마는 하루 종일 그들을 봐야 하는 것이 불쾌하다고 했다. 나도 엄마 말에 동의했다. 그들의 냄새를 맡고 그들이 말하거나 싸우는 소리를 듣는 것은 유쾌하지 않았다. 우연히 그들과 맞닥뜨리는 것도 절대 유쾌하지 않았다.

음식을 먹으러 오는 부랑자들의 줄 한가운데서 아빠가 입던 파란색 셔츠를 발견했다. 언니와 나는 그것을 언제나 짜증 셔츠라고 불렀다. 무슨 이유인지는 모르지만 아빠는 혼자 중얼중얼 욕을 해 댈 때면 그 셔츠를 입고 있었다. 아빠의 셔츠를 입고 있는 사람은 공원에 지속적으로 머무는 사람 가운데 하나였다. 멀리서 보면 아이처럼 보일 정도로 작은 남자였다. 나는 그를 알았다. 그는 늘 언니랑 나랑 같이 쓰는 방 앞에 있는 벤치에서 잤다. 아빠의 셔츠는 이제 구겨지고 더럽고 소매에 찢어진 자리가 있었다. 작은 남자의 손이 짧은 이쑤시개처럼 소매 밖으로 튀어나와 있었다. 난 작은 남자로부터 시선을 돌렸다. 다른 누구보다도 더 신경에 거슬리는 사람은 바로 그 남자였다.

맞다. 그는 결코 사람을 놀라게 하지 않았다. 심지어 온화하고 조용했다. 나는 그가 다른 사람들처럼 소리를 지른다거나 목청껏 노래하는 것을 들은 적이 없다. 그런데 왜 그는 꼭 우리 창문 앞 벤치에서 잠을 자는 걸까? 공원에는 다른 빈 벤치들도 있는데.

이웃 사람들이 모두 나타났을 때 엄마는 언니와 나를 우리 방으로 보냈다. 아직 자지 않아도 된다고 엄마가 말했다. 방학이 며칠 더 남았으니까 일찍 일어날 필요가 없다고. 하지만 엄마가 신경 쓰지 않게 방에서 나오지 않았으면 좋겠다고 했다. 나는 엄마가 보통 목소리로 말하려고 했다고 믿는다. 나를 고려하지 않았다면 마치 트럼펫 소리처럼 큰 소리가 울렸을 테니까.

언니는 긴급 회의에 별 관심이 없다면서 컴퓨터 앞에 앉았다. 물론 나는 관심이 있었으므로 복도 쪽 방문에 바짝 기댔다. 사람들은 한동안 불평을 늘어놓았다. 아빠가 모두를 조용히 시키자, 엄마는 공원이 거대한 침실로 변하는 것을 피할 방안이 있다고 말했다. 아빠는 커다란 스크린을 내리고 불을 끈 다음 엄마와 함께 만든 파워포인트 프레젠테이션을 발표했다. 엄마는 스크린 옆에 서서 큰 목소리로 설명했다. 기존의 벤치들을 치우고 대신 짧은 의자들을 갖다 놓아야 한다. 공원 의자 모델은 매우 다양하고, 또 매우 다양한 방법으로 설치할 수 있다. 하나하나 둘 수도, 둘씩 또는 스크린에 보여지듯이 집단으로 둘 수도 있다. 중요한 것은, 의자 하나가 아무리 작은 남자라도 잘 수 없을 만큼 짧다는 거다.

아빠가 다시 불을 켰다. 그때 그 일이 일어났다. 새로운 감각이 내 안에서 올라왔다. 끔찍하게 기분이 나빠지더니 갑자기 거실 불빛이 더 어두워지며 가물가물했다. 그런 다음 엄마가 거기 서 있는 것이 보였다. 그러나 엄마는 지금의 모습, 그러니까 어른의 모습이 아니었다. 엄마는 어린 소녀였다. 소녀는 지금 우리 방에 있는 높은 선반에 올라서서 두 손을 들고는 날개처럼 위아래로 저었다. 소녀는 발끝으로 섰다. 나는 순간 기절할까 봐 두려웠다. 소녀의 발이 선반에서 떨어졌기 때문이다. 소녀는 날려고 시도했던 거다! 나는 믿을 수 없었다. 엄마, 그러니까 어린 소녀가 바닥에 쓰러져 울면서 목청껏 소리쳤다.

"엄마! 아빠! 엄마! 아빠!"

소녀는 계속 울부짖었지만 아무도 오지 않았다. 문득 난 깨달았다.

엄마의 부모님은 귀가 들리지 않았다. 그들은 소녀의 소리를 들을 수 없었다. 소녀는 몹시 아팠다. 나는 소녀에게 달려가려고 했으나 내 다리가 마치 바닥에 달라붙은 듯 굳어 있었다. 나는 두 눈을 꼭 감았다. 그때 그 광경이 끝났다. 나는 눈을 떴고 엄마는 지금과 같은 모습, 이웃들에게 짧은 공원 의자를 제안하는 어른 여자의 모습이었다.

언젠가 엄마가 했던 이야기가 기억났다. 엄마가 어렸을 때 다친 적이 있는데, 엄마의 부모님이 소리를 듣지 못해 거실까지 기어가야 했다고. 부모님은 딸이 이미 잠들었다고 생각했기 때문에 엄마가 기어가지 않았더라면 아침이 되어서야 발견되었을 것이라고. 하지만 엄마는 날려고 시도하다가 그런 일이 일어났다고는 말하지 않았다.

내가 너무 피곤한지도 몰라. 난 생각했다. 이런 일을 상상하기 시작한 것을 보면.

"돈은 누가 내지요?"

거실에서 차와가 물었다. 차와는 우리 집 위층에 사는 뚱뚱한 여자인데, 늘 너무 달콤한 향수 냄새를 퐁퐁 풍기고 다닌다. 엄마가 큰 목소리로 대답했다.

"시에서 내지 않는다면 우리 모두 함께 부담해야지요. 우리에게 중요한 일이니까요."

차와는 무겁게 한숨을 쉬며 그런 인간들은 모두 다 쓰레기통에 던져버렸으면 좋겠다고 말했다. 그때 그 일이 다시 일어났다. 기분이 나빠지며, 모든 것이 몽롱해졌다. 차와가 내 눈앞에서 아이로 변했다. 주변에서 여러 아이들이 큰 소리로 외치고 있었다.

"차와는 쓰레기통이래요! 차와는 쓰레기통이래요! 너 같은 건 통 속에 던져 넣어야 해!"

소녀는 울었고, 콧물이 줄줄 흘렀다. 소녀는 눈물을 훔치고 코를 소매로 닦았다. 아이들이 그렇게 부른 까닭이 차와가 모든 것을, 정말 모든 것을—설령 쓰레기통 속에 들어 있는 것일지라도—먹었기 때문인지, 아니면 고약한 냄새가 났기 때문인지, 아니면 다른 아이들이 그저 화가 나서 그랬는지 어쩐지는 몰랐다. 나는 눈을 감았다. 그리고 아빠의 따뜻한 목소리가 들릴 때에야 다시 떴다.

"저는 아내의 아이디어가 천재적이라고 생각합니다."

나는 차가운 방바닥에 앉았다. 난 다른 사람의 기억을 볼 수 있는 건가. 끔찍한 의혹이 엄습했다. 여섯 번째 감각이라니. 누구에게나 있는 다섯 개의 감각 때문에도 이미 충분히 어려움을 겪고 있는데 말이다. 심지어 진단 센터에서는 내 부모님에게 이렇게 말했다.

"아이가 너무 민감합니다. 감각들이 말 그대로 아이를 공격합니다."

왜 이런 일이 일어날까? 나 자신이 안쓰러웠다. 또 다른 감각이라니. 그것도 내 감각들이 괴로움을 당하는 여름에 말이다. 그렇다. 여름은 내 감각에 최악의 계절이었다. 햇살은 너무 눈부셨고, 높은 습도는 격한 냄새들을 일깨웠으며, 어디 닿기만 해도 땀으로 끈적끈적했다.

"야, 대단한 귀야. 우리 엄마가 부랑자들을 위해 무슨 계획을 세우고 있어? 달로 날려 보낸대?" 언니가 외쳤다.

"꼭 그런 건 아니야."

나는 그렇게 대답하고 공원을 내다보았다. 그 작은 남자가 우리 방

앞 벤치에서 자고 있었다. 다시금 불쾌한 느낌이 찾아들었다. 엄마가 아이가 되어 날고 윗집 차와가 쓰레기통이라고 놀림받는 것을 보았을 때와 꼭 같은 느낌이었다. 가로등 불빛이 벤치 위에서 가물가물하기 시작했다. 우리 공원에 오게 된 사람들은 틀림없이 나쁜 일을 겪었을 거라고 했던 엄마의 말이 떠올랐다. 나는 그 남자에게 무슨 일이 일어났는지 보고 싶지 않아서 당장 두 눈을 꼭 감고 커튼을 쳤다. 몇 초 뒤 눈을 뜨니 예전에 작은 남자에게 일어났던 일은 보이지 않았다. 나는 홀가분한 마음으로 안도의 숨을 쉬었다.

"저 사람은 어떻게 가로등 불빛에서 잠을 잘 수 있지? 자는 데 빛이 방해가 안 되나?"

난 생각을 소리 내어 말했다.

"그런데 그 쪼끄만 아저씨, 진짜 누굴까?"

언니가 컴퓨터에서 눈을 떼지 않고 물었다.

"그래, 그래. 나도 알아. 누구나 감각에 문제가 있는 건 아니라는 거."

나는 재빨리 말했다. 언니가 하려는 말이 그거라고 확신했기 때문이다. 하지만 언니는 단지 이렇게만 말했다.

"분명히 어둠이 무서워서 그럴 거야."

"뭐?"

나는 깜짝 놀라 물었다. 하지만 몇 초가 지나자 몹시 논리적인 생각 같았다. 다른 모든 벤치들은 가로등 근처가 아니라 공원 깊숙한 곳에 있었다. 그것이 그 남자가 우리 창문 앞에서 자는 이유였다. 남자는 주

위가 밝기를 바란 것이었다. 갑자기 내 기분이 변하며 내 얼굴이 노여운 표정이 되는 것을 느꼈다. 옛날에 아빠가 파란색 셔츠를 입고 있을 때면 짓던 표정이었다.

"어둠이 뭐가 무서울까? 어른인데 말이야."

나는 언니가 저녁마다 이마 위 여드름에 바르는 투명한 크림 냄새를 맡지 않으려고 애쓰며 집요하게 물었다.

"그래서 뭐?"

언니가 물으며 컴퓨터를 껐다.

며칠 안에 사람들은 필요한 돈을 모았고, 시에서는 짧은 벤치와 의자들을 주문했다. 그들이 낡은 벤치들을 떼어 내기로 한 전날 저녁에 난 작은 남자가 내일부터는 다른 잠자리를 찾아야겠구나, 하고 생각했다. 나는 잠시 남자를 바라보았다. 남자는 벤치에 누워 있었고 가로등이 남자를 환히 비추고 있었다. 즉시 불쾌한 느낌이 속에서 올라오며 불빛이 가물거리기 시작했다. 하지만 이번에는 눈을 감지 않고 크게 부릅떴다. 작은 남자는 몸이 줄어들더니 아주 어린 소년으로 변했다. 소년은 눈물을 훔치며 울고 있었다. 엄마가 소년 곁에서 내가 알아듣지 못하는 언어로 자장가를 흥얼거리고 있었다. 마침내 소년이 진정되어 잠든 것처럼 보이자 소년의 엄마는 일어나 불을 껐다. 그때 소년이 벌떡 일어나 엄마의 손을 잡고 자꾸만 똑같은 단어를 외쳤다. 내가 알아듣지 못하는 단어였다. 소년의 엄마는 다시 불을 켰고 소년은 다시 잠들 때까지 엄마의 손에 계속 달라붙어 있었다. 나는 문득 이 불빛이 남자뿐만 아니라 온 공원을 밝히고 있다는 생각이 들었다. 그들이 샤워할 때 쓰는 작은 수도와 소지품이 든 비닐봉지를 숨기는 무채색 덤불, 심지어는 다른 부랑자들이 자고 있는 어두운 벤치들까지 모두. 난 눈을 감고 언니 말이 맞을지도 모르겠다고 생각했다. 남자는 어둠을 참지 못했다. 남자는 어렸을 때부터 어둠을 무서워했다. 그의 엄마는 이미 오래전부터 곁에 없었다.

"저 아저씨 내일부터 어디서 잘까 궁금하네."

언니가 말하는 소리가 들렸다. 나는 깜짝 놀랐다. 언니가 자고 있다고 생각했기 때문이다.

언니는 담요를 머리 위로 끌어올렸고 나도 침대 속으로 들어갔다. 언니 숨소리가 더 깊어지자 나는 살그머니 일어나 언젠가 어떤 축제 때 선물받았지만 지금까지 한 번도 쓴 적이 없는 손전등을 찾으려고 서랍을 다 뒤졌다. 마침내 발견하자 작동되는지 시험해 보고는 베개 밑에 놓아두었다.

다음 날 아침, 새 학년이 시작되기 하루 전, 긴 벤치들이 제거될 때 공원 거주자들은 덤불에 숨겨 두었던 비닐봉지를 꺼내 들고 점심 식사를 얻어먹기 위해 빈민 식당으로 왔다. 줄이 점점 길어졌다. 그 작은 남자도 왔다. 그는 아빠의 셔츠를 입고 있었으며 손에는 나로서는 모르는 무언가가 가득 찬 봉지를 두 개 들고 있었다.

나는 깊이 숨을 들이쉬었다. 숨을 오래 참을 수 있도록 가능한 한 많은 공기를 폐에 채우려고 했다. 나는 저 아래 모든 사람들 사이를 지나가야 했고 또 아주 가까이에서 그들의 불결한 냄새뿐만 아니라 따뜻한 음식 냄새, 끓는 물에서 나는 세제 냄새를 들이마셔야 한다는 것을 알고 있었다. 나는 공기를 아주 조금씩 내뱉도록 애쓰며 층계를 달려 내려갔다. 또한 가능한 한 적게 숨을 들이마시도록 노력했다. 그래야 방금 자기 집으로 올라갔거나 내려온 것이 분명한 뚱뚱한 차와의 향수 냄새로 내 콧구멍이 가득 차지 않을 것이기에.

나는 밖으로 달려 나가 줄 한가운데 조용히 서 있는 작은 남자의 옆에 가서 섰다. 그리고 그에게 손전등을 내밀었다. 남자는 놀라서 나를 바라보았다. 다른 손들이 내 선물을 잡으려고 다가왔지만 넘겨주지 않았다.

"당신 거예요. 당신을 위한 손전등이에요."

나는 말했다. 그는 계속 말없이 나를 바라보았고 나는 말했다.

"그래야 어두운 곳에서도 잠을 잘 수 있죠."

하지만 그는 나를 이해하지 못하는 것 같았다. 어쩌면 아직 우리 말을 못 하나 보다고 나는 생각했다. 어쩌면 자신이 어둠을 두려워한다는 것조차 모르는 것 같았다. 나는 어떻게 해야 할지 몰랐다. 꽤 오랫동안 나는 거기, 남자 옆에 서 있었고 그는 이제 더 이상 나를 바라보지 않았다. 다른 사람들도 마찬가지였다. 의식하지도 않았는데 갑자기 난 남자의 엄마가 불러 주던 자장가를 흥얼거리기 시작했다. 남자의 눈이 커다래지더니 놀라서 나를 바라보았다. 그런 다음 주저하며 이쑤시개처럼 가느다란 손을 내밀어 손전등을 받고 미소를 지었다. 그는 이 몇 개가 빠져 있었지만, 그 미소에는 기쁨이 가득했다.

나는 뒤돌아 달렸고, 위층에 이르러서야 내내 빈민 식당의 냄새를 알아차리지 못했음을 깨달았다. 줄 서 있는 사람들의 냄새도 알아차리지 못했다. 계단에 머물러 있는 차와의 향수 냄새도 전혀 알아차리지 못했다. 그만큼 난 기분이 좋았다.

[미리암 프레슬러가 히브리어에서 옮김]

태양은

여전히
거기 있다

와이키키 - 달콤한 동화

마리스 푸트닌스
Māris Putniņš

늦은 저녁 시간, 제과점 안은 고요하고 어두웠다. 유리 진열장에는 양귀비씨앗롤빵, 나폴레옹슈니텐, 크림치즈빵, 슈크림빵, 잼도넛, 머랭, 치즈빵, 막대기빵, 과일타르트, 두툼한 크림케이크, 일정한 너비로 잘라 놓은 달걀롤케이크 등 다양한 피조물이 여러 종류의 접시와 쟁반, 볼 안에서 평화롭게 자고 있었다.

트럭이 지나가면서 건물이 조금 흔들리자 덩달아 유리 진열장도 조금 흔들렸다. 접시 가장자리에 바짝 놓여 있던 암갈색 코코아볼렌* 하나가 밖으로 떨어졌다. 볼렌은 유리 바닥 위를 조금 굴러가다가 결국 한 층 밑으로 쿵 하고 떨어지고 말았다.

* 네덜란드식 도넛.

"아야!"

눈을 떠 보니 볼렌은 머랭들 한가운데 거꾸로 떨어져 있었다. 일어서려면 세차게 발버둥을 쳐야 했는데, 그러다 본의 아니게 머랭 하나를 진열 쟁반에서 밀어 내고 말았다.

"야! 왜 날 밀치고 그래!"

머랭이 말했다. 그 부드러운 분홍색 머랭은 소녀였다.

"미안! 내가 떨어졌거든."

볼렌은 쟁반에서 버둥대며 대답했다.

"어디서 떨어졌는데?"

"위 칸에서."

"오!"

소녀는 감명을 받은 것 같았다.

"벌써 일어날 시간이 된 거야?"

"몰라."

볼렌은 어깨를 으쓱하려고 해 보았지만 그다지 잘되지 않았다. 어깨가 없었기 때문이다.

머랭 소녀는 자기랑 크기는 비슷하지만 색은 완전히 갈색인 피조물을 만나 본 적이 없었다. 이제까지는 다른 머랭들밖에 알지 못했다. 머랭 소녀는 암갈색 볼렌의 둥근 배를 쓰다듬어 보고 킥킥 웃지 않을 수 없었다. 손가락 끝이 갈색이 되었기 때문이다. 볼렌도 머랭의 배를 쓰다듬었다. 소녀는 간지러웠다. 이제 둘 다 웃었다.

"나랑 산책 갈래?"

볼렌이 물었다.

"어디로?"

"글쎄…… 그냥 세상을 조금 탐색해 보자. 우리가 눈을 뜨게 된 세상 말이야."

볼렌이 머리를 긁적이며 말했다.

그래서 둘은 케이크 진열장 산책을 떠났다. 진열장 안은 여러 가지 진열 쟁반으로 꽉 차 있었지만 그래도 사이사이에 돌아다니기 충분한 공간이 있었다. 다음 접시에는 슈크림이 피라미드처럼 쌓여 있었다.

"저건 뭐지?"

머랭 소녀가 물었다.

"오븐 쿠키야. 자신들을 자랑스레 슈크림이라고 불러. 하지만 실제로는 공기 주머니에 불과해. 그렇다고 속이 비었다는 말은 아니야. 생크림이 가득 들어 있으니까."*

코코아 볼렌이 대답했다.

"어디서 그런 걸 다 알았어?"

소녀가 놀랐다.

"여기저기 몇 번 산책을 했거든. 물론 이 칸은 아니었지만."

슈크림은 자면서 코를 골고 있었다. 그 바람에 가루 설탕으로 된 조그만 구름에 에워싸여 있었다. 그 가운데 하나가 머랭 소녀의 코로 들

* 독일어에서 슈크림은 Windbeutel, 즉 바람 또는 공기 주머니라고 한다. 허풍선이라는 뜻도 된다.

어갔고, 소녀는 재채기를 하지 않을 수 없었다.

조금 더 가니까 나폴레옹슈니텐이 은쟁반 위에 질서 정연하게 놓여 있었다. 그 가운데 하나는 속에 든 크림이 조금 볼록하게 삐져나와 있었다. 머랭 소녀는 살금살금 다가가서 크림을 살짝 손가락에 묻혀 볼렌의 얼굴에 작고 하얀 코를 그렸다. 볼렌도 머랭 소녀도 참 재미있었다.

갓 친구가 된 둘은 공 모양 도넛이 가득한 유리 볼과 크림치즈빵 한 더미를 지나고 양귀비씨앗롤빵이 들어 있는 쟁반 옆을 지나갔다. 그때 머랭 소녀는 알록달록한 알갱이 사탕이 가득 들어 있는 작은 대접을 발견했다. 머랭 소녀는 사탕을 한 줌 쥐고 조금 앞으로 달려간 다음 킥킥거리며 달걀롤케이크 뒤에 몸을 숨겼다가 코코아볼렌에게 던졌다. 사탕 몇 개가 볼렌의 이마에 붙었다. 소녀는 계속 던졌다. 마침내 볼렌이 웃으며 도움닫기를 하더니 알갱이 사탕 대접 속으로 뛰어들었다. 알록달록한 알갱이들이 사방팔방으로 흩날리며 유리 진열장 칸 전체를 뒤덮었다. 코코아볼렌이 다시 일어섰을 때는 갖가지 색 반점들이 배를 온통 뒤덮고 있었다. 코코아볼렌은 두 팔을 벌리고 머랭 소녀에게 덤벼드는 척했다. 힘껏 고함을 지르며 공중에 뛰어올랐다가 다시 내려앉으니 충격으로 알갱이들이 모두 떨어졌다. 머랭 소녀는 웃었다. 그러다가 뭔가 이상한 것을 발견했다.

달걀롤케이크 뒤에 거대하고 두툼한 브라우니가 접시 위에 달랑 혼자 자랑스레 놓여 있었다. 설탕에 절인 레몬과 비스킷 조각들이 들어 있는 두툼한 코코아 덩어리였다. 색으로 보면 코코아볼렌과 구별되지 않았다. 머랭 소녀는 눈길을 브라우니에게서 새 친구에게로 돌렸다.

"네 엄마야?"

머랭 소녀가 물었다.

"아니. 전혀 아니야!"

코코아볼렌이 고개를 저었다.

"확실해?"

머랭 소녀가 이맛살을 찌푸렸다.

"내가 왜 모르겠어?"

볼렌은 거의 마음이 상했다.

"기껏해야 먼 친척일 거야."

갑자기 커다란 코코아 덩어리가 큰 소리로 으르렁대며 노란 비스킷 조각 이빨로 가득 찬 입을 넓게 벌려 하품했다. 두 친구는 깜짝 놀라서 얼른 도망쳤다.

그러는 사이에 다른 머랭들도 깨어났다. 그들은 쟁반 가장자리에 빈자리가 생긴 것을 금방 알아차리고 거기 누가 있었을까 궁금해했다. 모두 있는지 알아보기 위해 머랭들은 수를 세어 보기로 결정했다. 처음에는 잘되지 않았다. 모두들 동시에 세기 시작했고, 곧 모두 뒤섞여 버리고 말았다. 분명히 누구 하나만 세도록 해야 할 터였다. 하지만 그것도 간단하지 않았다. 누가 셀 것인지 한동안 의견을 모을 수 없었기 때문이다. 마침내 결론을 얻는 데 성공했을 때 머랭들은 또 하나의 문제에 부딪혔다. 원래 몇이었는지 아무도 몰랐던 것이다.

"됐어! 우린 스물여섯이야. 그럼 어떻게 되는 거지? 대체 몇이 빈 거야?"

머랭 하나가 말했다.

"누가 없어진 거야?"

두 번째 머랭이 덧붙였다.

"빈자리 못 봤어?"

세 번째 머랭이 열을 냈다.

"봤지. 보고 있어. 그래서?"

"빈자리는 정확히 머랭 하나 크기야! 그러니까 하나가 없어진 거지! 이해 안 될 게 뭐 있어?"

세 번째 머랭이 톡 쏘아붙였다.

"수가 너무 많아."

두 번째 머랭이 무겁게 한숨을 쉬었다.

"있잖아, 저기 갈색 자국이 있어."

네 번째 머랭이 소심하게 발언권을 청했다.

"어쩌면 어떤 코코아 괴물이 우리 가운데 하나를 납치하지 않았을까?"

"갈색 자국? 어디?"

머랭들은 흥분해서 너도나도 물었다.

모두들 쟁반을 살펴보기 위해 달려들었다. 하지만 아무것도 발견할 수 없었다. 설령 무슨 자국이 있었다 해도 머랭들이 과격하게 몰려드는 바람에 스스로 코코아 자국을 지워 버렸을 것이다. 바로 그 순간 머랭 소녀가 코코아볼렌과 함께 돌아왔다. 소녀는 새로운 친구가 생긴 것이 너무 자랑스러웠다. 하지만 머랭들은 전혀 반기지 않는 눈치였다. 그들은 모두 쟁반에서 내려와 둘을 에워싸고는 암갈색의 달콤하고 동그란 볼렌을 살펴보고 여기저기 눌러 보며 어깨를 으쓱했다. 무슨 말을 해야 할지 몰랐던 거다. 하지만 코코아볼렌이 지금 자기 친구라는 것을 분명히 해 두기로 결심한 머랭 소녀는 단호하게 코코아볼렌의 손을 잡았다. 머랭들은 한숨을 쉬었다. 그들이 보기에 코코아볼렌은 적당하지 않았다.

"갠 갈색이잖아."

머랭 하나가 마침내 말을 꺼냈다.

"적어도 괴물은 아니지."

다른 머랭이 덧붙였다.

"그걸 어떻게 알아?"

또 다른 머랭이 싸울 듯이 이의를 제기했다.

"글쎄…… 우리랑 크기가 똑같잖아. 전혀 괴물같이 생기지도 않았고."

두 번째 머랭이 당황해서 말했다.

"다른 보통 볼렌들처럼 하얗다면 모르지."

네 번째 머랭이 다시 생각해 보라고 요구했다.

"이제 우리 쟁반에서 사는 거야? 영원히 여기 머무는 거야?"

세 번째 머랭은 여전히 거칠었다.

"몰라."

머랭 소녀가 말하며 새 친구를 바라보았다.

"난 위 칸에서 떨어졌어요."

코코아볼렌이 무력하게 두 팔을 벌리며 말했다.

"어떻게 다시 올라갈지 모르겠어요. 여러분의 층은 한 번도 와 본 적이 없거든요."

그러자 한 머랭이 아이디어를 냈다.

"재를 하얗게 만들자!"

그 머랭은 기뻐서 자기 생각을 알렸다.

"가루설탕으로! 그럼 거의 진짜 머랭처럼 보일 거야!"

모두들 힘을 합해 가루설탕이 가득 들어 있는 종이 봉지를 가져왔다. 머랭들은 볼렌에게 봉지 속으로 기어 들어가 몸에 설탕을 묻히라고 요구했다. 머랭 하나는 심지어 직접 봉지 속으로 뛰어들어 하얀 가루 속에서 뒹구는 시범을 보였다. 그러나 코코아볼렌은 그 계획에 동의하지 않았다.

"아뇨. 난 들어가지 않을래요!"

"들어갈 필요 없어! 난 자연스러운 색 그대로가 마음에 들어!"

머랭 소녀도 자기 친구를 옹호하려고 시도했다. 하지만 다른 머랭들은 전혀 귀를 기울이지 않았다.

"이렇게 하면 되겠다! 재가 봉지 속에 들어가지 않겠다면 우리가 설탕을 퍼부으면 돼!"

첫 번째 머랭이 자신의 총명함에 벅차서 외쳤다.

"바로 그거야! 좋은 생각이야!"

나머지 머랭들도 그 해결책에 동의했다. 여러 머랭이 벌써 커다란 은숟가락을 끌고 왔다. 은숟가락은 매우 무거워서 그들의 계획을 실행에 옮기려면 여덟 머랭이 함께 긴 자루를 움켜잡아야 했다. 머랭들은 봉지에서 가루설탕을 한 숟갈 퍼서 코코아볼렌에게 뿌리려고 했다. 하지만 코코아볼렌은 재치 있게 피했고, 머랭 소녀 역시 설탕을 뿌리지 못하도록 열심히 막았다. 이렇게 힘겨루기를 하는 와중에 숟가락이 한 머랭의 발 위로 떨어졌고 가루설탕은 공중으로 흩날렸다.

"아야, 아야, 불쌍한 내 발!"

머랭이 울부짖었다. 두 친구는 이제 도망치는 것이 상책임을 깨달았다. 머랭들이 봉지에서 가루설탕을 한 숟갈 새로 퍼 올리려고 애쓰는 동안 머랭 소녀와 코코아볼렌은 케이크 쟁반과 쿠키 쟁반들 사이로 사라졌다. 설탕을 겨우 펐을 때에야 비로소 머랭들은 갈색 이방인이 사라졌다는 것을 알아차렸다. 그들은 무리 지어 도망자를 추적하기 시작했다.

양귀비씨앗롤빵 뒤에 기름에 튀겨 가루설탕을 뿌린 달콤한 도넛이 담긴 넓은 접시가 있었다. 코코아볼렌과 머랭 소녀는 도넛들 사이에 숨었다. 머랭들이 숟가락을 들고 줄을 맞추어 지나갔다. 그렇지만 위험이 사라진 것은 아니었다. 그들이 곧 돌아와 수색을 계속했기 때문이다.

진열장 칸 맨 뒤쪽에 알록달록한 판 젤라틴이 들어 있는 접시가 있었다. 그것을 보고 좋은 생각이 떠오른 코코아볼렌은 탄력 있는 젤라틴 조각들을 매듭지어 묶기 시작했다. 처음에 머랭 소녀는 볼렌의 의도를 잘 이해하지 못했다. 하지만 머랭들이 숟가락을 들고 다시 가까이 오자 머랭 소녀는 자고 있는 호두쿠키에서 호두 조각 하나를 빼내

브라우니에게 던졌다. 두툼한 코코아 덩어리는 언짢은 듯 으르렁거렸고, 그 소리를 들은 머랭들은 당장 그곳으로 갔다.

코코아볼렌은 작업을 마쳤다. 이제 매듭으로 이어진 기다란 젤라틴 밧줄이 생겼다. 머랭 소녀는 코코아볼렌이 밧줄 한쪽 끝을 진열장 위 칸에 던지려고 여러 번 시도하는 모습을 지켜보았다. 마침내 밧줄은 안전하게 지탱할 곳을 발견했다.

"같이 갈래?"

끈적끈적한 밧줄을 손에 쥐고 볼렌이 물었다.

머랭들이 두 친구를 발견했을 때 그들은 이미 젤라틴 밧줄을 절반쯤 타고 올라가 있었다. 머랭들은 늘어뜨려진 밧줄 끝으로 달려왔지만, 금세 추격할 수는 없었다. 가루설탕을 잔뜩 담은 숟가락이 방해가 되었기 때문이다.

마침내 머랭들은 엄청나게 애를 써서 어떤 식으로든 숟가락을 들고 모두 밧줄을 기어오르기에 이르렀다. 하지만 그것은 좋은 생각이 아니었다. 젤라틴 밧줄은 머랭과 숟가락의 무게를 더 이상 견디지 못하고 찢어지고 말았다. 그때 코코아볼렌과 머랭 소녀는 이미 진열장 위 칸에 도달해 있었다. 머랭들은 무더기로 곤두박질쳤다. 숟가락이 유리 바닥 위로 쨍그랑 떨어졌고, 다시 한번 엄청난 가루설탕 구름이 일었다.

코코아볼렌은 머랭 소녀를 친척들에게 데려갔다. 두 친구는 커다란 크림케이크 옆을 지나고, 치즈쿠키 접시를 지났다. 이윽고 과일타르트 쟁반 뒤에서 코코아볼렌들이 담긴 접시가 나타났다.

코코아볼렌이 새 친구와 함께 접시 옆에 나타났을 때는 아래 칸에서 일어난 요란한 소동 때문에 모든 볼렌들이 깨어 있었다. 코코아볼렌은 이토록 아름다운 소녀를 데려오게 되어 자랑스러웠다. 하지만 다른 볼렌들은 결코 반기지 않았다. 그들은 접시에서 내려와 둘을 에워싸더니 언짢은 기색으로 귓속말을 했다.

“하얗군! 아주 하얘! 어디서 저런 애를 데려왔지? 온당치 않아! 점잖지 못하게 저런 하얀 몰골로 돌아다녀서는 안 돼! 쟤를 어떻게든 해야 해…….”

갈색 볼렌 넷이 비어 있는 커다란 크림 주사기를 끄집어내더니 코코아가루 봉지에 넣고 검은 가루를 가득 채웠다. 볼렌들은 다시 새 친구들이 꼭꼭 에워싸인 곳으로 돌아와 머랭 소녀를 갈색으로 칠하기 위해 위협적인 도구로 겨냥했다. 넷은 주사기를 단단히 붙들고, 또 다른 두 볼렌이 합세하여 온 힘을 다해 피스톤을 눌렀다.

코코아볼렌은 친구를 보호하며 막아섰고, 그 바람에 주사기에 장전된 코코아가루를 맞았다. 다시 커다란 구름이 일었다. 다만 이번에는 갈색이었다. 갈색 볼렌들이 포효했지만 코코아볼렌은 머랭 소녀의 손을 잡고 코코아 구름의 보호를 받으며 도망쳤다.

“이제 우리처럼 갈색이 되었겠지?”

피스톤을 누르던 볼렌 하나가 물었다. 이 질문은 나머지 볼렌들을 혼란스럽게 했다. 모두 갈색이었기 때문이다. 게다가 새로 또 한 겹 코코아가루를 뒤집어쓰는 바람에 완전히 똑같아 보였다. 이들 중 누군가에게 더 합리적인 생각이 떠오르기까지는 한동안 시간이 걸렸다.

“맞다! 하얀 애는 홈이 파여 있었어! 우리 가운데 누구 홈이 파인 볼렌 있어?"

그가 외쳤다.

아니, 아무도 없었다.

"저기 좀 봐. 자국들이 있어!"

또 다른 볼렌이 외쳤다. 정말로 유리 바닥에 코코아가루 자국들이 보였다. 두 친구는 떠난 것이다. 코코아 가루 자국들은 걸음마다 점점 더 흐릿해졌지만 방향은 명백했다. 볼렌들은 다시 절반을 채운 주사기를 어깨에 메고 도망자들의 추적에 나섰다.

두 친구는 케이크들 사이에 숨어 있었다. 알록달록한 양산으로 장식된 크림케이크들이 흥분해서 떠들기 시작했다. 그것을 알아차린 갈색 볼렌들이 달려왔다. 머랭 소녀는 양산 하나를 재빨리 낚아채고 그 뒤에 숨었다. 둘은 계속 살금살금 나아갔다.

치즈쿠키들은 볼 안에서 흥미진진하게 사건을 지켜보았다. 볼렌 하나가 멀어지고 있는 양산을 발견했다. 그 아래에 두 개의 갈색 다리와 두 개의 연분홍색 다리가 보였다. 그는 버럭 소리를 지르며 양산에 덤벼들었다. 치즈쿠키 조각들의 호의는 갈색 볼렌 쪽에 있지 않았다. 그들 가운데 하나가 볼에서 펄쩍 뛰어나오더니, 추적하던 볼렌의 발 앞에 몸을 던졌다. 볼렌은 비틀거리며 크림케이크 속에 떨어져 완전히 사라져 버렸다. 케이크는 감정이 상해 이런 식의 습격에 항의했다.

"이게 뭡니까? 난 존경할 만한 크림케이크라고요! 즉시 내게서 나가세요! 당장! 이 무슨 파렴치한 행동입니까! 난 코코아 속 따윈 필요 없다고요!"

볼렌이 마침내 기어 나왔을 때 다른 볼렌들은 뿌리박힌 듯 서 있었다. 그들의 형제가 머리에서 발끝까지 하얗게 되었기 때문이다. 하지만 곧 해결책이 생겼다. 코코아가루 주사기가 투입되었다. 크림 속에 들어갔다 나온 볼렌의 몸에 앞뒤로 코코아가루가 뿌려졌다. 그의 몰골이 딱히 좋다고는 말할 수 없지만 어쨌든 둥글다고는 할 수 있었고, 다시 암갈색이 된 것은 맞았다. 다만 조금 몽롱한 듯 서 있는 것이 어딘가 불안해 보였다.

"케이크 속에 럼주가 있더라."

볼렌이 변명했다.

코코아볼렌과 머랭 소녀는 이 혼란을 틈타 유리 바닥 가장자리에 도달했다. 더는 갈 데가 없었다. 추격자들은 더 가까이 왔다.

"이제 어쩌지?"

머랭 소녀가 물었다.

"모르겠어."

코코아볼렌이 의기소침하게 말했다.

"뛰어 내리자!"

머랭 소녀가 제안했다.

"괜찮겠어? 아프지 않겠어?"

볼렌이 깜짝 놀라 물었다.

"머랭들은 참을성이 많아. 너도 한 번 떨어져 봤지만 아무 일도 없었잖아. 게다가 난 낙하산도 있어!"

소녀는 양산을 치켜들며 말했다.

"저기 있다!"

부르짖는 소리가 들리더니 코코넛마카롱이 들어 있는 볼 뒤에서 갈색 볼렌들이 주사기를 들고 나타났다.

"동시에 뛰어내리자. 닥칠 일은 닥칠 수밖에 없어."

코코아볼렌이 말했다.

둘은 손을 잡고 아래를 내려다보았다. 아주 멀리 검은색 바닥이 있었다. 그래도 다른 선택의 여지가 없었다. 추격자들이 거의 도착했기 때문이다.

"너에게 색을 칠하게 둘 수는 없어. 그러니 가자!"

볼렌이 단호하게 말했다.

두 친구는 저 까마득한 어둠 속으로 뛰어내렸다.

재빠른 낙하였다. 양산 때문에 머랭 소녀가 조금 더 늦게 떨어졌다. 바닥에 떨어지면서 소녀는 통, 튀어올랐다. 몸이 둥글어 탄력이 있었기 때문이다. 코코아볼렌은 운이 덜 좋았다. 그의 몸은 말랑말랑했기 때문이다. 그는 훨씬 더 세게 부딪쳐, 순간 움직이지 못하고 쓰러져 있었다. 머랭 소녀가 일어나 그에게 갔다.

"살아 있니?"

머랭 소녀가 근심스럽게 물었다.

"그런 것 같아……."

볼렌이 한숨을 쉬며 말했다.

"터지지 않은 것만도 다행이야."

코코아볼렌은 겨우겨우 다시 두 다리로 일어섰다. 바닥에 부딪치면

서 몸이 조금 일그러졌고 한쪽 면이 평평해졌다. 걷는 것 역시 힘들었다. 조금 절룩거렸다.

"도와줄게."

머랭 소녀가 코코아볼렌을 부축했다.

"그렇게 나쁘지는 않아. 시간이 지나면 다시 둥글어질 거야. 손으로 매만져 모양을 낼 수 있으니까……."

둘은 제과점 출입문으로 걸어가기 시작했다. 다른 코코아볼렌들은 진열 칸 가장자리에 서서 말없이 그들의 뒷모습을 바라보았다.

비록 코코아볼렌은 걷는 것이 쉽지 않았지만, 둘은 곧 작은 환기구에 이르렀고, 그곳을 통과해서 밤거리로 나갔다. 거리는 단 한 개의 노란 불빛으로만 밝혀져 있었다. 비가 왔다. 아직까지도 머랭 소녀가 손에서 놓지 않았던 양산이 이번에도 요긴하게 쓰였다. 둘은 양산 아래에 꼭 붙어서 어둡고 위험한 미지의 세상으로 나아갔다.

반년이 흘렀다. 먼 남쪽 섬, 기이한 한 쌍의 부부가 화창한 와이키키 해변에 앉아 있었다. 코코아볼렌과 머랭 소녀였다. 그들은 여전히 종이로 만든 양산을 갖고 있었다. 소녀가 크림케이크에서 슬쩍한 그 양산 말이다. 둘은 행복해 보였다. 아주 가까이에 작은 볼렌들 넷이 왁자지껄 뛰어놀고 있었다. 모두 갈색 분홍색 줄무늬가 나 있었다.

"이따금 난 생각하곤 해. 만약 네가 접시에서 곤두박질치지 않았더라면 우리에게 어떤 일이 벌어졌을까? 하고."

머랭 소녀가 말했다.

"모르지."

볼렌이 잠시 생각하다가 이렇게 말했다.

"하지만 더 나빴으리라고 확신해. 널 만나지 못했을 거고, 우린 세상으로 나오지 못했을 거고, 야자나무를 보지 못했을 거야……. 난 그런 생각은 안 할래! 볼렌은 만약 이랬더라면 어땠을까 같은 걸로 골치를 썩지 않아. 지금 있는 그대로가 좋아. 그렇지 않아?"

"오, 맞아. 지금 있는 그대로가 좋아."

소녀가 동의했다.

[마티아스 크놀이 라트비아어에서 옮김]

보일레와 자연 법칙

이바 프로하스코바
Iva Procházková

세상은 작았다. 할머니는 한창때 여드레하고 한나절이면 다 돌아다닐 수 있었다. 여기서 짚고 넘어갈 사실은, 할머니가 아주 빨리 달릴 수 있었다는 것이다. 옛날, 할머니는 모든 거북들 가운데 가장 빠른 거북이었다. 왕년에는 세계 마라톤 우승자였다. 선한 왕 슈타인실트가 자신의 소유물 가운데 빽빽한 민들레 숲을 상으로 주었다. 할머니는 온 가족을 데리고 그곳에 가서 모두 함께 맛있는 숲을 단 하루 만에 다 먹어 치웠다. 보일레는 비록 친척 어른들만큼 많이 먹을 수는 없었지만, 즙이 촉촉한 민들레잎의 놀라운 맛이 오늘날까지도 기억에 남아 있었다.

선한 왕 슈타인실트가 죽었다. ("그는 갑옷을 벗었다."라고 백성들은 엄숙하게 말하곤 한다.) 그의 딸 거대 여왕 라우테는 곧 거북 종족에게 달리기 대회 개최를 금지했고 상속받은 재산을 누구하고도 나누려 하지 않았다. 시간이 흘렀고, 할머니가 상으로 받은 민들레 숲에 대한 기억도 빛바래 갔다. 아주 드물게만 이야기했다. 보일레는 그 이야기가 듣기 싫었다. 그 이야기를 들으면 언제나 위가 불쾌하게 꾸르륵거리기 때문이었다. 거의 지금처럼…….

보일레는 민둥산 등성이에 이르자마자 초조하게 주위를 둘러보았다. 아무것도 없었다. 적어도 멀리서 보았을 때는, 먹이 같아 보이는 것은 전혀 없었다. 여기저기 바위 사이로 은회색 이끼들이 돋아나 있었지만, 보일레는 그것이 위험하다는 것을 알고 있었다. 얼마 전 두툼한 이끼 방석과 우연히 마주친 적이 있었다. 그때 그것을 뿌리까지 게걸스레 다 먹어 치웠는데 그 때문에 심하게 독이 올랐었다. 그때부터 보일레는 이끼를 피했다. 또한 호숫가도 피했다. 그곳에는 즙 많은 풀과 민들레가 숲을 이루고 있었지만, 거대 여왕 라우테가 지키고 있었다. 쓸 만한 것은 모두 라우테 것이었다. 먹는 것, 마시는 것, 심지어 따뜻한 햇살까지도. 그것이 이 행성의 규칙이었다. 하지만 보일레는 누가 이런 규칙을 정했는지 늘 알고 싶었다.

"난 모른다, 딸아. 안다 해도 내게 무슨 소용이 있겠니? 난 그저 평범한 난쟁이 거북에 불과한걸. 아무튼 내가 규칙을 바꿀 수는 없으니."

엄마가 대답했다.

"그건 자연 법칙이란다. 거북 행성은 둥글지. 확실히 알지는 못한다. 그냥 돌아다니기만 했으니까. 절반은 해를 향해 있고, 다른 절반은 늘 그림자 속에 있단다. 해가 비추는 곳에서는 모든 것이 번성하지. 햇빛이 닿지 않는 곳에서는 살 수가 없어. 자연 법칙이 허락하지 않아."

할머니의 설명이었다.

할머니의 말은 합리적으로 들렸다. 하지만 왜 거대 여왕 라우테는 배불리 먹고, 호수에서 맛 좋은 물을 마시고, 일광욕을 하는 반면, 보일레와 그 가족들을 비롯한 난쟁이 거북들은 그늘 가장자리 민둥산에서 겨우겨우 어렵사리 살아가야 하는지는 여전히 설명되지 않았다. 물론 그들은 모두 끊임없이 온기와 식량을 찾아 나섰고, 드문 경우지만 성공하는 이도 있었다. 그러나 거대 여왕 라우테는 훨씬 더 강했고 온갖 방법을 동원해서 세상의 절반을 감시했다. 어떤 방법은 매우 잔인했다. 보일레의 가장 친한 친구인 켁이 며칠 전 직접 당했다. 진흙투성이 웅덩이 물에 만족하지 않고 감히 자기 호수에서 물을 마시려 했다는 이유로 거대 여왕 라우테가 켁을 깊은 구덩이 속으로 던져 버렸던 것이다. 보일레는 켁이 추락에서 살아남았음을 알고 있었다. 밤의 고요 속에서 켁이 발톱으로 긁는 소리가 들렸다. 켁은 구덩이를 빠져나오기 위해 돌투성이 지하에 굴을 파고 있었다. 그렇지만 점차 기력이 다하게 될 것이다. 오래지 않아 굶주림과 기진맥진으로 허약해져서 포기하게 될 거다.

보일레는 산 오솔길을 따라 걸으며 주변을 주의 깊게 둘러보았다. 밤과 낮이 동시에 지배하는 여명 속에서 여기저기 죽은 풍뎅이의 작고 빈 껍데기가 눈에 띄었다. 구미가 당기지 않았지만 그래도 그것을 먹었다. 적어도 잠시 동안은 배 속에 경련이 이는 듯한 느낌이 사라지는 듯했다. 오늘 배고픔은 여느 때보다 더 심했다. 그것은 보일레에게 무슨 행동이든 하라고 부추겼다. 문득 대담한 용기가 폭발한 보일레는 켁을 자유롭게 해 주기로 결심했다. 보일레는 산에서 햇빛이 드는 쪽으로 내려갈 것이며, 첫 번째 초원에서 제대로 점심 식사를 할 거다. 기력을 차리게 되면 그 즉시 켁을 자유롭게 할 계획을 세울 수 있을 것이다.

주위를 매우 경계하며 보일레는 골짜기로 내려갔다. 따뜻하고 햇살이 환했다. 전에는 이곳에 키 크고 즙 많은 풀들이 자랐다. 하지만 지금은 오랫동안 비가 내리지 않아 풀이 지푸라기처럼 누렇게 되어 있었다. 최근에 거대 여왕 라우테는 이곳에 거의 오지 않았다. 이곳을 경멸했기 때문이다. 보일레는 이해할 수 없었다. 초록색이든 노란색이든, 즙이 많든 바싹 말랐든 먹을 것이 아닌가! 초원 가장자리에 이르자마자 보일레는 노랗게 변한 풀에 덤벼들었다. 해는 머리 바로 위에 떠 있었고, 가벼운 바람에 풀 줄기들은 바스락바스락 소리를 냈다.

"나는 아네……. 맛 좋은 풀들이 자라는 곳을……. 나는 아네……. 그 풀을 즐겁게 먹는 거북을……."

보일레는 콧노래로 애창곡을 흥얼거렸다. 한 입 먹을 때마다 기분이 나아졌다. 전날 저녁 보일레는 차가운 바위 밑 어둠 속에 웅크리고 앉아 비참한 기분을 느꼈지만, 지금은 행복했다. 너무 행복해서 눈물이 터져 나왔다. 보일레는 먹으면서 울고 울면서 노래했다.

"이 세상에서 가장 높은 행복은 복통에서 해방되는 것……."

보일레가 어렸을 때는 복통이 무엇인지 몰랐다. 그건 배가 아픈 걸 말하는데, 너무 오래 아무것도 안 먹었을 때 찾아온다고 엄마는 말했다. 복통 때문에 심지어 죽을 수도 있었다. 할머니가 바로 그 때문에 죽었다. 보일레는 이제 엄마도 살 기력이 없어질까 봐 두려웠다. 엄마는 며칠 전에 민둥산의 어두운 쪽으로 갔다. 거북들이 끝이 가까워 온 것을 느낄 때면 가는 곳 말이다.

"염려하지 마라. 다시 올게."

엄마가 보일레를 안심시켰다.

"난 아직 갑옷을 벗을 생각이 없어. 다만 조금 쉬어야 해."

그렇지만 많은 거북들이 쉬면서 깊이 잠들었다가 다시 깨어나지 못했다. 보일레는 엄마에게 이런 일이 일어날까 봐 겁이 났고, 지레 엄마의 죽음을 슬퍼했다.

"난 꽤 오랫동안 세상에 있었지. 30년인가, 어쩌면 35년인가."

엄마가 길을 떠나기 전에 말했다.

"그건 상당한 나이지. 물론 할머니처럼 쉰 살이 되고 싶기도 해. 그러나 그럴 수 있는 건 아주 소수뿐이지."

"할머니는 어떻게 그럴 수 있었나요?"

"선한 왕 슈타인실트 시대에는 모든 거북들에게 먹을 것이 충분했어. 아무도 배고픔을 견딜 필요가 없었고 모두들 배가 불렀어. 슈타인실트가 죽고 나서 이 혹독한 기아가 시작되었단다. 하지만 할머니는 걸음이 빨라서 먹을 것을 찾아 먼 거리를 갔지. 종종 거대 여왕 라우테와 마주쳤지만 할머니는 언제나 문제없이 도망쳤어. 물론 늙어서는 먹이 원정을 그만두어야 했지만 말이다. 그러면서 급격히 내리막길을 걷기 시작했지."

먹을 것이 들어가자 보일레는 새로운 힘이 나는 것을 느꼈다. 어떤

생각이 뇌리를 번쩍 스쳤다. 켁에게 풀을 좀 가져다주자. 밤에 몰래 구덩이로 가서 풀을 던져 주고 재빨리 도망치는 거야. 물론 할머니처럼 걸음이 빠르지는 않지만 어둠 속에서는 이 대담한 시도가 성공할 수 있을 거야. 다음 날 밤에도 다시 구덩이로 갈 거다. 결코 켁을 굶어 죽게 내버려 두지 않을 거다!

보일레는 노란 풀 줄기를 뜯어 바닥에 놓았다.

풀 줄기가 충분히 모이자 보일레는 풀 다발을 입에 물고 출발했다. 보일레는 천천히 걸어갔다. 짐은 무거웠고 시야를 가렸다. 더욱이 보일레는 이 지역을 잘 알지 못했다. 도처에 커다란 돌과 바위 조각들이 널려 있었다. 만약 저 뒤에…….

보일레는 그 생각을 끝까지 하지 못했다. 거대 여왕 라우테가 불쑥 나타났기 때문이다. 라우테는 바위 뒤에 서서 위협적인 눈길을 보일레에게 고정하고 있었다. 라우테는 거대했다! 거대한 것 이상이었다! 라우테가 세상의 지배자가 된 것은 놀라운 일이 아니었다! 자신의 힘을 과시하기 위해 라우테는 억센 발로 바닥을 쿵쿵 굴렀다. 보일레는 놀라서 물고 있던 풀 다발을 입에서 떨어뜨렸다. 보일레는 근육을 팽팽하게 긴장시킨 채 서둘러 도망쳤다. 쿵쿵거리는 소리가 뒤에서 점점 더 커졌다. 가까워지고 있었다. 보일레는 거대 여왕 라우테가 곧 자신을 따라잡을 것을 알고 있었다. 라우테는 보일레를 와락 덮쳐 죽처럼 으깨 버릴 것이다. 라우테의 그런 작전은 이미 유명했다. 난쟁이 거북들은 그 작전에 완전히 무력했다. 유일한 희망은 안전한 은신처를 발견하는 것뿐이었다. 보일레는 공포에 빠져 주위를 둘러보았다. 아주 가까운 암벽에 넓은 구멍이 보였다. 그 구멍 뒤에 캄캄한 굴이 있다면 몸을 숨길 수 있다. 시도해 볼 만한 가치가 있었다. 보일레는 구멍에 이르러 재빨리 안으로 기어들어 갔다. 구멍 안은 칠흑같이 어둡고 딱딱했다. 모래도 풀도 이끼도 없었다. 낯선 냄새가 났다. 입구 옆에 튀어나온 곳이 있어서 보일레는 그 뒤로 가서 숨었다. 숨이 가빴고 심장이 사납게 뛰었다. 다음 순간 입구에 거대한 머리와 튼튼한 목과 왼쪽 앞발과 오른쪽 앞발이 나타났다. 압도적인 몸집의 거대 여왕 라우테가 서 있었다! 보일레는 번개처럼 빠르게 등딱지 밑으로 머리를 넣고 상황이 어떻게 될지 놀란 마음으로 기다렸다.

얼마 후 동굴 안이 밝아졌다. 주위에서 작은 불빛들이 반짝이기 시작했다. 반딧불과 비슷했다. 보일레는 등딱지와 배딱지 사이로 조심조심 밖을 살펴보았다. 궁금했지만, 그렇다고 감히 고개를 내밀지는 못했다. 잠시 후 동굴이 가볍게 흔들리며 낮은 소리로 그르렁거리기 시작했다. 자장가 소리처럼 들렸다. 보일레는 옛날에 엄마가 불러 주곤 하던 자장가가 기억났다.

숲이 자네, 수풀이 자네.
발을 집어넣으렴. 바위는 차가우니.
나무들 속삭이는 소리를 들어 봐.
울지 말고 아름다운 꿈을 꾸렴.
아침 일찍 해님이 널 깨우리니.

엄마 목소리와 어린 시절에 대한 기억으로 마음이 진정된 보일레는 졸렸다. 크게 하품을 했다. 동굴 속으로 몇 걸음 들어온 거대 여왕 라우테는 멈춰 서서 고개를 돌렸다. 보일레는 흠칫 몸을 움츠렸다. 틀림없이 발각되어 곧바로 공격을 받을 거라고 확신했다. 하지만 완전히 다른 일이 벌어졌다. 동굴 입구가 갑자기 닫히기 시작했던 것이다. 보일레는 몸이 딱딱하게 굳었다. 다행히 뇌가 빠르게 반응했다. 뇌가 명령했다. 도망쳐!

보일레는 고개와 다리를 딱지에서 내밀고 입구로 달려갔고, 마지막 순간에 바깥으로 빠져나올 수 있었다. 등 바로 뒤에서 동굴이 닫혔다. 보일레는 놀라서 매끄러운 암벽을 바라보았다. 조금 전까지 어디에 넓은 구멍이 있었는지 도무지 알 수 없었다. 훨씬 더 기이한 일이 일어났다. 암벽 덩어리 전체가 갑자기 쓰윽 들리더니 나지막한 윙윙 소리와 함께 푸른 하늘로 솟구치는 것이었다. 보일레는 입을 떡 벌리고 지켜보았다. 평생 이런 것은 본 적이 없었다.

"이건 분명히 자연 법칙일 거야."

보일레는 가능성이 있는 유일한 설명에 이르렀다.

"만약 산에 동굴이 있다면, 그리고 이 동굴에 세상에서 가장 큰 거북이 들어갔다면, 당연히 작은 반딧불이들이 모두 겁을 먹고 반짝이기 시작하겠지. 그건 말이 돼. 그리고 반딧불이는 날 수 있으니까 날아올라서 가 버린 거야. 자연 법칙에 따라 산도 따라 날아간 거고. 논리적인 일이야. 만약 반딧불이가 피곤해져 다시 날아서 되돌아오면, 산이 열리고, 거대 여왕 라우테가 나오겠지. 그렇다면……."

보일레는 시선을 하늘에서 떼고 걸음을 옮기기 시작했다.

"그렇다면 서둘러서 켁을 구덩이에서 구해야 해!"

그 순간까지 보일레는 늘 자연 법칙이 자신에게 불리하다고 믿어 왔다. 그런데 지금은 갑작스레 자연 법칙이 이롭게 작용했다. 보일레는 기분이 좋아졌다. 만약 자신이 본 불빛들이 반딧불이가 아니라 로봇 우주선 계기판의 버튼들임을 알았더라면 훨씬 더 기뻤을 것이다. 하지만 알 턱이 전혀 없었다. 보일레는 멀리 떨어진 어느 행성에 사는 존재가 보낸 우주선임을 짐작할 수 없었다. 그 행성인들의 계산이 맞다면, 우주선은 지금 거북 행성을 떠나 37년 뒤에는 낯선 세계에 대한 중요한 정보를 가지고 자신들의 행성으로 귀향해야 했다. 그러나 그런 일은 일어나지 않았다. 우주선은 거북 행성을 떠난 직후 미지의 물체와 부딪치는 바람에 방향이 바뀌어 우주로 사라졌기 때문이다. 선실에서는 거대 여왕 라우테가 격노해서 발을 굴렀다. 자신의 민들레 숲과 호수와 촉촉한 초원이 보이지 않게 된 이유를 이해할 수 없었기 때문이다.

보일레는 오후 늦게 구덩이에 도착해서, 그날 나머지 낮과 이어지는 밤 동안 굴을 팠다. 켁은 반대편에서 말로 도왔다. 행동으로 돕기에는 너무 허약해져 있었다. 켁은 마지막 힘을 내어 아침 여명 속에서 굴을 기어 나와 기진맥진한 몸으로 호숫가에 앉았다. 켁이 휴식을 취하는 동안 보일레는 갓 뜯어 온 민들레잎을 갖다주었다.

보일레는 하늘을 나는 산이 거대 여왕 라우테를 싣고 가 버렸다고 이야기했다. 믿기지 않는 소리였다. 그러나 민들레잎은 엄청 맛있고 호수 물은 맛 좋고 따뜻한 호숫가에서 쫓아내는 이는 아무도 없었으므로 켁은 더 이상 두려워할 필요가 없다는 이야기를 기꺼이 믿기로 했다.

반딧불이들이 동굴 산에 거대 여왕 라우테를 싣고 날아가 버렸고, 모두들 행성의 햇빛 드는 쪽을 다시 쓸 수 있게 되었다는 소식은 재빨리 퍼졌다. 숨어 있던 곳에서 나와 머리를 들고 하늘을 살펴보는 거북이들이 도처에 보였다. 하늘은 빛나는 파랑이었고, 거대 여왕 라우테가 돌아오리라는 조짐은 어디서도 보이지 않았다. 보일레의 엄마 역시 민둥산의 차가운 어둠을 떠나 힘겹게 발을 끌며 호숫가로 왔다.

"난 상당한 나이까지 살게 될 것 같다."

보일레의 엄마가 희망에 차서 말했다.

"어쩌면 손주들까지 볼지도 모르겠다. 저기 위쪽 분지에 마음 편히 알을 낳을 데가 있는 것 같은데, 너희들 생각은 어때?"

보일레와 켁은 동의하며 고개를 끄덕였다. 그들은 햇볕으로 따뜻해진 호숫가에 앉아 모래 속에 옴폭 파인 곳을 지그시 바라보았다. 의심할 여지 없이 아이들이 잘 자랄 만한 곳이었다. 거대 여왕 라우테가 이 행성에 남긴 마지막 흔적들이었다. 만약 라우테가 자신의 발자국이 언젠가 난쟁이 거북의 후예들을 위한 둥지로 쓰일 것을 알았더라면 분노로 팡 터졌을 것이다. 그러나 라우테는 알지 못했다. 막 은하수를 떠났고, 라우테가 다시 돌아올 수 있는 자연 법칙은 없었다.

분노의 땅

로버트 폴 웨스턴
Robert Paul Weston

데이비드는 해와 파도가 깨어나기 전 아침의 고요함을 좋아했다. 모두들 아직 자고 있었다. 죽거나 시든 이파리 무더기처럼 꼭꼭 붙어서. 그들 가운데 한 쌍은 죽어 있었다. 분노의 땅을 떠난 지 사흘이 되던 날 두 남자가 폭풍 속에서 바다로 내동댕이쳐졌다. 아빠와 거인 올란이 그들을 구하려고 시도했지만, 두 남자는 헤엄칠 줄 몰랐다. 그들이 노란 밧줄을 잡아 보기도 전에 파도가 그들을 쓸어 데려갔다. 밀짚모자를 쓴 늙은 남자가 중얼거렸다.

"수영도 못하면서 왜 이 여행을 신청했을까?"

다른 사람들도 그 말이 옳다면서 어리석은 결정이었다고 말했다. 심지어 자신도 거의 물에 떠 있지 못하고 물을 증오하는 아빠까지 그랬다.

"또 벌써 일어났니?"

올란의 목소리가 갑판 위로 굉굉히 울렸다.

"거기 앉아 있는 모습을 아빠한테 들키지 마라. 분명히 너무 위험하다고 생각할 테니까."

올란이 경고했다.

"아빤 아직 주무세요."

그랬다. 아빠는 몸을 돌돌 말고 갑판 위에 누워 있었다. 연약한 동물, 어쩌면 생쥐 같았다. 올란은 가볍게 일렁이는 바다를 내려다보았다. 아주 작은 파도들이 아침 햇살의 조각들을 잡아 보트 안으로 던졌다.

"해 지기 전에 도착할 게다."

올란이 미소 짓는 동시에 커다란 이를 드러내며 말했다.

"자유의 땅에!"

데이비드의 엄마와 누나 미미는 이미 자유의 땅에 가 있었다. 아빠는 몇 가지 사업상 업무를 정리하기 위해 뒤에 남았다. 아빠는 돈 전부와 자질구레한 소유물들을 엄마에게 보냈다. 여행에 모든 것을 다 가져가기에는 너무 어렵고 위험했기 때문이다.

엄마는 미미의 가장 놀라운 점은 세상에 태어났을 때 이미 갖고 나온 노인의 마음씨라고 말했다.

"미미는 언제나 자신을 가장 나중에 생각해."

엄마가 설명했다.

데이비드는 그런 마음을 왜 노인의 마음씨라고 하는지 이해되지 않았지만, 미미가 자신을 가장 나중에 생각한다는 엄마 말은 맞았다. 홍

차든, 달콤한 벌꿀비스킷이든, 미미는 언제나 자신이 먹기 전에 다들 받았는지를 확인했다.

"이리 내려오너라!"

그사이에 잠이 깬 아빠가 데이비드를 난간에서 잡아당겼다.

"죄송해요, 아빠."

데이비드가 말했다.

"자유의 나라에 대해 또 이야기해 주세요."

아빠가 미소를 지었다.

"그곳에서는 네가 원하는 것을 할 수 있지."

"한밤중에도요?"

데이비드가 물었다.

"하루 24시간 내내!"

바로 그런 자유를 데이비드는 상상해 왔다.

원하는 것을 원할 때마다 얻는 것. 데이비드는 미미처럼 노인의 마음씨를 지닌 누군가도 그런 자유를 마음에 들어 할지 궁금했다.

오래전에 자유의 땅은 정의의 땅이라고 불렸다. 사람들은 '정의'가 무엇인지에 대해 두꺼운 책들을 썼고, 마지막에는 정의란 자유와 같은 뜻이라는 데 의견을 모았다. 아빠는 이렇게 설명했다.

"네가 구두장이이고, 구두를 수선해서 돈을 번다고 가정해 보자. 다른 곳에 망가진 구두가 아주 많다는 것을 알게 된다면 구두를 수선하러 그곳에 갈 수 있어야 하지. 그게 정의롭지, 안 그래?"

데이비드는 동의하지 않을 수 없었다. 분노의 땅에서는 같은 도시

안에서도 새 거주지로 이사하기가 아주 어려웠다.

"그래서 정의의 땅이 자유의 땅이 된 거야. 인간의 삶을 이루는 모든 것이 자유롭게 펼쳐져도 되는 곳."

아빠가 말했다.

"모든 것이라니 굉장히 여러 가지겠네요."

"사실은 단 네 가지란다."

데이비드는 놀랐다.

"단 네 가지가 인간의 삶을 이룬다고요?"

아빠는 손가락 네 개를 치켜들었다.

"첫째, 만질 수 있는 것들. 둘째, 만질 수 없는 것들. 셋째, 돈. 그리고 넷째, 인간들 자신. 자유의 땅에서는 이 네 가지를 각각 원하는 방향으로 발전시킬 수 있어."

데이비드는 자신이 만질 수 없는 것을 상상해 보려고 애썼다.

"이념이 그렇지. 가령 정의 같은 것."

아빠가 예를 들었다.

"또는 사랑도 있어요."

데이비드가 말했다.

데이비드는 엄마와 미미가 자유의 땅, 아름다운 초원에 서서 그들이 도착하기를 기다리고 있는 모습을 상상했다. 어쩌면 만질 수 없는 것들이 가장 자유로운 것일지도 몰라. 데이비드는 생각했다.

보트는 하루 종일 빠른 속도로 나아갔다. 하지만 해가 지자 구름이 점점 검은색으로 물들었다.

"폭풍이 오는구나."

한 늙은 부인이 속삭였다. 부인은 자작나무 껍질처럼 얇고 하얀 피부를 지니고 있었다.

갑자기 거센 빗줄기의 장막이 그들을 맞았다. 파도가 기분 나쁘게 드높아지더니 보트 안으로 세차게 몰려들었다. 데이비드가 느낄 수 있는 맛이라고는 소금 맛뿐이었다. 아빠의 억세고 젖은 두 팔이 데이비드의 배를 꽉 껴안았다. 거인 올란 역시 같은 방식으로 늙은 자작나무 껍질 부인을 꽉 붙들었다.

데이비드는 두 눈을 감았지만 머릿속에는 무서운 장면들이 떠올랐다. 모두가 파도 속으로 추락해서 노란 뱀을 꽉 붙들려는데, 뱀은 손가락 사이로 미끄러져 빠져나가는 것이었다.

폭풍은 왔을 때와 똑같이 갑작스레 사라졌다. 그리고 그들 앞에 자유의 땅이 놓여 있었다!

작은 보트는 거대한 금속 선박들에 포위되었다. 선박마다 갑판에는 무기를 든 군인들이 우글거렸다. 확성기에서 지시 사항이 쾅쾅하게 울려 나왔다.

"주의하라!"

"여기는 자유의 땅 해안 경비대!"

"여러분의 보트는 해안 관청의 보호 안에 있다!"

"보트의 모든 승객은 수용소로 가서 등록한다!"

"여러분의 협조에 감사한다!"

자유의 땅 수용소는 학교처럼 보였고 거친 천을 칸막이 삼아 아주 작은 공간들로 나뉘어 있었다. 차갑고 검은 무기를 팔에 낀 군인들이 그 작은 방들을 에워싸고 있었다.

데이비드는 아빠의 소맷자락을 잡아당기며 물었다.

"엄마랑 미미는 어디 있어요?"

아빠는 고개를 저었다. 아빠도 몰랐다.

데이비드의 방에는 풍성한 모피 외투를 입어서 하얀 북극곰처럼 보이는 여자가 있었다. 보아하니 부자의 땅에서 온 것 같았다. 화장실 옆에는 아직 방을 배정받지 못한 작은 남자가 있었다. 그는 하루 종일 느긋하게 바닥에서 꾸벅꾸벅 졸았다. 데이비드는 남자가 휴식의 땅에서 왔으리라 결론지었다. 생각의 땅, 괴로움의 땅, 고집의 땅, 궁핍의 땅, 시간의 땅을 비롯해 여러 곳에서 온 사람들이 있었다. 모두들 기다리고 또 기다리고 또 자고 먹고 화장실에 갔다. 날마다 날마다…….

담당 공무원 면담이 있기까지 3개월이 흘렀다. 담당 공무원은 크고 강건한 체구에 친절한 눈을 가진 여자로, 어깨가 제복 속에서 불편하게 움직였다.

"당신은 분노의 땅에서 왔습니다. 맞습니까?"

담당 공무원이 물었다.

"제가 어렸을 때는 평화의 땅이라고 불렸습니다."

아빠가 말했다.

"질문에 답해 주십시오."

"그렇습니다. 저는 분노의 땅에서 왔습니다."

아빠는 긴 여행과 위험했던 도항 과정을 이야기하고 엄마와 미미가 벌써 이곳 자유의 땅에 와 있다고 이야기했다.

아빠는 돈과 옷, 전 재산을 엄마에게 보내 놓은 상태라고 이야기했다.

"미안합니다만 자유의 땅에 머물러서는 안 됩니다."

담당 공무원이 고개를 저었다.

"왜 안 됩니까?"

"입국 규정이 바뀌었습니다."

"하지만 엄마와 미미는 어떻게 된 거죠? 우린 한 가족인데요."

데이비드가 물었다.

"네 엄마가 일자리를 찾고 너와 네 아빠를 지원하기에 충분한 돈을 벌면 자유의 나라로 데려올 수 있단다."

"하지만 아내는 도착한 지 얼마 되지 않았는데, 그렇게 빨리 일자리를 찾을 수 있을까요?"

아빠가 물었다.

"이곳은 자유의 땅입니다. 부인은 어떤 방해도 받지 않고 움직일 수 있고 또 어디에서든 일자리를 찾아볼 수 있습니다."

담당 공무원이 아빠를 달랬다.

"다만 우리하고 함께는 아니죠."

데이비드가 말했다.

"걱정 마라."

아빠가 말하고 데이비드를 끌어당겼다.

"엄마는 잘 해낼 거야. 우리는 엄마한테 옷과 돈을 보냈지. 이제 사랑과 희망도 보내야 해."

아빠가 그렇게 말하자 데이비드는 어떤 중요한 사실을 깨달았다. 데이비드는 담당 공무원의 책상으로 다시 달려갔다.

"공정하지 않아요!"

데이비드는 공무원에게 말했다.

"뭐라고?"

공무원이 물었다. 두 눈이 가늘어지며 친절함이 완전히 사라졌다.

"여긴 자유의 땅이죠."

데이비드가 말했다.

"나도 안다."

"여기서는 인간적 삶을 이루는 모든 것을 자유로이 펼칠 수 있지요. 다만 가장 중요한 것, 인간 자신만 빼고요!"

"무슨 말을 하는 거지, 젊은이?"

"우리는 돈과 재산, 희망과 사랑을 엄마에게 보내도 되는데, 우리 자신은 오면 안 되잖아요. 그건 공정하지 않아요!"

"아, 그래?"

데이비드는 고개를 저었다.

"돈과 재산과 만질 수 없는 것들이 인간보다 더 중요하게 여겨진다면, 그것이 자유의 땅이라고 할 수 있나요?"

공무원은 잠시 말없이 앉아 있었다.

마침내 공무원이 말했다.

"윗사람하고 이야기해 보겠다."

데이비드와 아빠는 유일하게 자유의 땅에 입국하도록 허용되었다. 데이비드는 여전히 수용소에 갇혀서 군인들에게 에워싸여 있는 다른 사람들을 생각하면 슬퍼졌고 양심의 가책이 느껴졌다. 왜 자기하고 아빠만 이 땅에서 지낼 수 있게 되었을까?

자유의 땅은 데이비드가 상상했던 것과는 완전히 달랐다. 거리는 시끄럽고 더러웠다. 행인의 입에서 뿜어져 나오는 담배 연기를 피할 수 없을 정도로 비좁기도 했다. 아빠는 아무 상관 없는 듯이 보였다. 거듭해서 데이비드를 높이 들어 올리고는 허공에서 빙빙 돌리며 영리한 소년이라고 말했다.

곧 그들은 엄마와 미미가 다른 땅에서 도착한 사람들을 위해 얼마 전에 마련된 보호 시설에 묵고 있음을 알아냈다. 아빠와 데이비드가 건물 앞에 서자 엄마와 미미가 길고 날카로운 소리를 내는 유리문으로 달려 나왔다.

그들은 울면서 서로 꽉 껴안았다. 드디어 다시 함께 있게 된 것이다!

그렇지만 가족들을 꽉 껴안고 있는 동안 데이비드는 불확실한 미래가 두려워 몸이 떨렸다. 머릿속에서는 자꾸만 같은 질문이 거듭되었다.

다음에는 우리에게 무슨 일이 일어날까?

[브리기테 야코바이트가 영어에서 옮김]

태양은 여전히 거기 있다

제니 롭슨
Jenny Robson

토요일 아침이었다.

아를리요는 아파트 4B호 창가에 서 있었다. 검은 고층 빌딩들과 하늘에서 낮게 드리운 회색 구름을 바라보았다. 거대한 잠자는 괴물처럼 땅 위에 두텁게 쌓여 있는 눈도 보았다.

"싫어! 이 모든 것이 싫어! 난 집에 갈 거야. 다시 태양을 볼 거야."

아를리요가 속삭였다.

집은 먼 곳에 있었다. 멀리 바다 건너에. 야트막한 오두막들과 건물들이 다닥다닥 붙어 있고, 바싹 말라붙은 땅 위를 맨발로 걸을 수 있는 곳. 높은 하늘은 언제나 파란색으로 빛났고, 가장 밝은 노란색의 완전히 둥그런 태양이 있었다. 살갗에는 언제나 따뜻한 햇볕이 머물러 있었다. 얼마나 따뜻한지 가까운 호수에서 수영을 할 수 있었고, 단 몇 초면 물기가 다 말랐다.

"다행히 오늘은 토요일이야."

아를리요는 그렇게 속삭이며 기운을 내려고 해 보았다. 아를리요는 종종 자기 자신에게 속삭였다. 엄마는 대개 아기인 오다와에게 정신을 쏟았다. 젖을 먹이고, 울지 않도록 노래를 불러 주고.

"적어도 집 안에 있을 수 있지. 추위에서 멀리."

아를리요는 추위가 두려웠다. 고향에서는 추위를 알지 못했다. 아무리 한겨울이라도, 또는 아무리 이른 새벽이라도. 이따금 아를리요는 바깥 눈 속에서 길을 잃고 혼자가 되는 악몽을 꾸었다. 도와 달라고 외쳐도 아무도 오지 않았다. 차디찬 냉기가 하얀 발톱으로 그녀의 피부를 찢고 날카로운 이빨로 살을 물었다.

"그래, 다행히 학교에 갈 필요가 없어."

학교는 아를리요에게 어려운 곳이었다. 이상하고 낯선 아이들로 가득했다. 아이들은 이상하고 낯선 것들에 대해 이야기하고, 아를리요가 이해하지 못하는 것 때문에 웃었다. 아이들이 아를리요에게 미소를 보낼 때도 드물게만 미소로 답할 수 있을 뿐, 그냥 그들의 얼굴을 바라보았다.

아를리요는 학교에 가서 책상에 앉을 때면 고향 친구 사피야가 다시 옆에 있기를 진심으로 바랐다. 고향의 학교에서는 언제나 사피야 옆에 앉았었다. 사피야에 대한 생각을 하자 다시금 몹시 슬퍼졌다.

아를리요는 차디찬 창문에 따뜻한 입김을 불었다. 그런 다음 부옇게 된 유리 위에 손가락으로 친구의 이름을 썼다. 비록 손가락이 떨리긴

했지만 천천히 공들여 썼다.

아를리요는 사피야를 다시는 만나지 못할 것을 알고 있었다. 엄마가 아기 오다와와 자신을 데리고 멀리 떨어진 고향으로 돌아가더라도 말이다. 결코 만나지 못하리라.

옆집, 아파트 4C호에서는 기젤라가 마찬가지로 창가에 서 있었다.

온통 두껍게 깔려 있는 흰 눈이 오로지 기젤라만을 기다리고 있었다! 이 얼마나 즐거운 일인가! 눈에 덮인 토요일! 기젤라에게 겨울은 한 해 가운데 최고의 시간이었다.

"엄마! 엄마, 저 나가도 돼요? 썰매를 언덕으로 가져가도 돼요?"

기젤라가 외쳤다.

"아침 식사부터 해야지. 그런 다음 따뜻하게 입고 나가거라."

기젤라의 엄마가 말했다.

기젤라는 얼른 부엌으로 가서 재빨리 콘플레이크를 먹었다. 그런 다음 침실로 가서 털모자가 달린 가장 두꺼운 재킷을 입었다. 양털 부츠를 신고 할머니가 뜨개질로 떠 준 밝은 노란색 장갑을 끼었다.

기젤라는 썰매를 들고 현관에 섰다.

"다녀올게요, 엄마!"

"제발 조심해라. 또 피 흘리며 집에 오지 말고."

엄마가 말했다.

지난주, 기젤라는 썰매를 타다 언덕에서 핑그르르 굴러 눈에 뒤덮인 돌 위로 떨어졌다. 이마에서 피가 나며 눈 속에 밝게 빛나는 핏방울을 남겼다. 기젤라의 엄마는 어쩔 줄 몰라 했다. 피를 아주 조금밖에 보지 않았는데도 엄마는 파랗게 겁에 질렸다.

"네, 조심할게요!"

기젤라는 이렇게 말하고 밖으로, 눈 속으로 달려갔다. 눈이 부츠 밑에서 사각사각 소리를 냈다.

아파트 4B호에서 아를리요의 엄마가 창가의 딸에게 걸어갔다. 아기 오다와는 엄마 팔에 조용히 안겨 있었다. 적어도 그 순간에는 그랬다.

"눈이 아름답지 않니? 참 깨끗하고 반짝거린다! 여기 사람들은 눈이 내린 세상을 '윈터 원더랜드'라고들 부르던데, 알고 있었니? 심지어 그에 대한 노래도 있더라. 라디오에서 들었어."

엄마가 말했다.

하지만 아를리요는 엄마의 목소리가 떨리는 것을 알아차렸다. 아를리요는 알았다. 엄마는 사실 눈을 아름답다고 여기지 않았다. 아를리요의 기분을 북돋우려고 그렇게 말한 거다.

"엄마, 우린 언제 집에 가요? 엄마, 언제 다시 햇빛 속에 있을 수 있어요?"

아를리요가 물었다.

그건 나쁜 질문이었다. 엄마가 듣고 싶어 하지 않는 질문이었다. 아를리요도 알았지만 달리 어쩔 수 없었다.

"햇빛이라고, 아를리요? 햇빛?"

엄마의 목소리는 너무 날카로워 거의 비명 같았다.

"넌 거기 햇빛 속에서 무슨 일이 있었는지 잊었니? 우리가 거기서 멀리 떨어져 있는 것에 기뻐해야 한다. 우리가 안전하게 있는 것을 고마워해야 해."

아기 오다와는 다시 악을 쓰기 시작했다. 엄마는 아기에게 젖을 먹이려고 의자에 앉았다.

아를리요는 다시 창으로 돌아서서 회색 구름들을 내다보았다. 옆집 소녀도 보았다. 밖에 나온 소녀는 타박타박 눈 위를 걸으며 깊은 구멍을 남겼다. 그런데 미소를 짓고 있었다! 이 얼음장처럼 차가운 추위 속에서 어떻게 미소를 지을 수 있지?

기젤라는 4B호의 창문을 올려다보았다.

아주 먼 나라에서 온 소녀가 서 있었다. 아를리요라고 했던가? 아무튼 그와 비슷한 이름이었다. 슬퍼 보이는 모습이다. 소녀는 언제나 슬퍼 보였다. 학교에서도, 심지어 미술 시간이나 음악 시간에도 그랬다. 얼마나 재미있는 시간들인데.

'멀리 낯선 나라에 와서 슬픈가 봐.'

기젤라는 생각했다.

'나도 고향을 떠나야 한다면 슬플 거야. 혹시 썰매 타는 것을 좋아할까? 그럼 지내기가 한결 나을 텐데.'

기젤라는 창문의 소녀에게 손짓했다.

"애! 나와서 같이 썰매 타러 가자."

기젤라는 외쳤다.

아를리요는 밝은 노란색 장갑을 응시했다. 그 햇빛 찬란하고 무서웠던 날, 사피야가 입었던 옷 색깔과 정확히 똑같았다. 다만 사피야의 옷에서는 천천히 피가 스며 나왔다. 사피야의 몸 아래에 생긴 피바다는 근처에 있던 호수보다 더 크게 느껴졌다.

그렇다. 아를리요는 그날 마을에서 벌어졌던 끔찍한 일들을 잊지 않았다. 번쩍이는 경기관총을 든 반군 병사들이 그들 쪽으로 몰려오던 것을 결코 잊지 않았다. 불타고 있는 건물 속에서 사람들이 고통의 비명을 지르던 것을 잊지 않았다.

또한 사피야가 밝은 노란색 옷을 입고 화덕 불 옆에 쓰러져 있던 것도 잊지 않았다. 아를리요가 거듭해서 이름을 불러도 사피야는 대답하지 않았다. 엄마가 아를리요의 팔을 거칠게 잡고, 등에서 악쓰며 우는 오다와와 함께 멀리 덤불 쪽으로 달려갔다.

그러는 동안 그 모든 것 위로 따뜻하고 환한 해가 비추었다.

그들은 사흘 동안 덤불에 숨어 있었다! 그 사흘 동안 오직 야생 열매들을 먹으며 보냈다. 그 사흘 동안 엄마는 거듭해서 말했다.

"이렇게는 살 수 없어. 이건 내 아이들을 위한 삶이 아니야."

엄마가 말했다.

"아를리요, 저기 좀 봐라! 옆집 아이가 너를 부르고 있구나. 밖에 나가서 함께 놀렴. 재미있게 좀 지내도록 해 보렴!"

엄마를 기쁘게 해 주려고 아를리요는 괴상한 냄새가 나는 두꺼운 재킷을 입었다. 그리고 차디찬 공기 속으로 나가서 높이 쌓인 눈 속을 타박타박 걸었다. 걸음을 옮길 때마다 발이 눈 속으로 가라앉았다.

"난 해가 그리워."

밝은 노란 장갑을 끼고 썰매를 들고 있는 소녀에게 말했다. 기젤라? 그렇게 불리지 않았던가? 아무튼 그와 비슷한 이름이었다.

"하지만 해는 여전히 저기 있어."

소녀가 말했다.

"단지 구름 뒤에만 있을 뿐이지. 몇 달이 지나면 다시 환하고 뜨겁게 빛날 거야. 정말이야! 그래, 수영하러 갈 수 있을 정도로 뜨거워. 하지만 지금은 눈이 많이 내려 두껍게 쌓였지!"

언덕 꼭대기에서 둘은 기젤라의 썰매에 함께 올라탔다. 아를리요는 뒤에 앉아서 단단히 붙잡았다. 기젤라의 털모자가 아를리요의 코를 간질였다.

"준비됐니?"

기젤라가 외쳤다.

"준비됐어!"

아를리요가 외쳤다.

썰매가 출발했다. 그들은 경사진 언덕을 날아갔다. 미끄러운 눈 위를 타고 언덕 아래로. 울퉁불퉁한 눈 더미 위로 덜컥덜컥. 바람이 아를리요의 뺨을 스치는데 피부가 간지러울 정도로 차가웠다.

하지만 재미있었다! 정말이지 아를리요가 한동안 슬픔을 잊을 만큼 재미있었다. 아를리요는 마을에서 있었던 그 끔찍한 날을 잊었고, 고

향에 대한 그리움을 잊었다.

모든 근심 걱정에서 벗어나 휴식을 갖는 것은 아름다운 일이었다.

아를리요는 친구 사피야가 지금 여기서 함께 언덕을 쏜살같이 내려가기를 바랐다. 사피야는 틀림없이 굉장하다고 여겼을 거다.

언덕 아래에 도착하자 둘은 썰매에서 곤두박질을 쳤고, 웃으며 눈 속에 누워 있었다.

"또 타자! 또 탈 수 있지?"

아를리요가 말했다.

"당연하지."

기젤라가 말했다.

"그러라고 눈 덮인 토요일이 있는 거야. 네가 웃는 것을 보니까 좋다."

썰매를 언덕으로 끌고 올라가는데, 회색 구름이 갈라졌다. 아주 짧은 순간이었지만, 아를리요는 그 뒤의 하늘을 볼 수 있었다. 그렇다. 거기 태양이 있었다! 태양은 흐릿하고 작고 아주 멀리 있었다. 아무튼 아주 강렬하게 빛나지는 않았다. 하지만 적어도 거기 있었다.

태양은 여전히 거기 있었다.

[브리기테 야코바이트가 영어에서 옮김]

나의 벚나무

로세 라게르크란츠
Rose Lagercrantz

안녕하세요!

나는 일곱 살 여자아이예요. 나는 비밀이에요. 내가 어디 사는지 말하면 안 돼요. 나에 대해선 거의 모든 것이 비밀이에요. 우리 집은 섬에 있다는 것만 말할게요. 우리 집은 아니지만 난 우리 집이라고 불러요.

엄마와 난 부엌 뒷방에서 살고 있어요. 언제나 커튼이 쳐져 있어서 좀 어두워요.

아무도 우리가 여기 있는 것을 보아서는 안 돼요.

누군가 경찰에게 밀고할 수도 있으니까요!

방에는 침대가 두 개 있고, 파란 양탄자가 깔려 있고, 정원으로 나가는 녹색 문이 있어요. 여기 왔을 때부터 우린 그 문을 열고 나가서는 안 되었어요. 하지만 그래도 나는 열고 나가요.

첫날 아침 엄마가 자고 있을 때 이미 나는 녹색 문을 열었어요. 내가 무엇을 봤게요?

붉은 열매가 가득 달린 나무였어요!

"내 벚나무야!"

나는 속삭였어요.

여기에는 내 것이 하나도 없어요. 하지만 상관없어요.

나는 재빨리 나무로 달려가서는 가지 위에 올라가 바다를 바라보았어요. 하얀 파도가 높이 일었어요. 마치 작고 하얀 토끼가 그 안에서 놀고 있는 것처럼 보였어요.

잠시 후 나는 나무에서 내려와 다시 집으로 들어갔어요. 엄마는 아무것도 눈치채지 못했어요. 엄마는 약을 먹어야 해요. 약을 먹으면 피곤해져요. 그래서 엄마는 잠을 아주 많이 자요.

다음 날 아침 나는 다시 몰래 나무에 올라갔어요.

나무 위에서는 바다 건너 다른 쪽 해안을 볼 수 있어요.

그런데 엄마가 밖에 나와 나를 발견한 것을 알아차리지 못했어요.

"당장 내려와라! 너, 경찰한테 들키고 싶니?"

엄마가 버럭 소리를 질렀어요.

하지만 난 그대로 앉아 있었어요. 엄마는 나를 데려가지 못해요. 몸집이 너무 크고 무거워 나무에 올라오지 못하거든요.

결국 엄마는 다시 집 안으로 들어갔어요.

경찰은 오지 않았어요.

아무도 날 보지 못했어요. 이웃집에 사는 테오를 빼면요.

"안녕!"

테오가 외쳤어요.

"안녕!"

내가 대답했어요.

'안녕'은 내가 이 나라에서 배운 첫 번째 단어예요. 난 이 나라에서 살아도 되는지에 대한 답을 기다리며 여기 머물고 있어요.

하지만 우리는 이미 안 된다는 답을 얻었고 우리가 떠나온 땅으로 돌려보내진다고 했어요. 엄마는 도무지 울음을 그치지 못했지요.

아직 결정이 나기를 기다리고 있던 두 여자가 엄마를 위로하려고 애썼어요. 한 여자가 엄마에게 알약을 주었어요. 다른 한 여자는 어쩌면 우리를 도와줄 수 있는 사람을 안다고 말했어요. 어떤 어부가 우리를 섬에 있는 누이의 집으로 데려다줄 수 있다고 했어요. 그렇게 해서 우리는 이곳 케르스틴 아줌마네 집으로 온 거예요.

나를 본 테오가 내 쪽으로 건너와서 벚나무로 올라왔어요. 우리는 버찌를 먹으면서 이야기를 나누었어요. 비록 서로가 말하는 것을 다 이해하지는 못했지만 말이에요. 커다랗고 하얀 새들이 나무 주위를 돌면서 우리 버찌를 노렸어요.

"썩 꺼지지 못해!"

테오가 새들에게 외쳤어요.

"육지로 가 버려!"

"육지? 그건 어떤 나라야?"

내가 물었어요.

"바다 저편에 있어. 여긴 섬이야."

테오가 대답했어요.

테오는 내게 섬을 비롯해 많은 단어들을 가르쳐 주었어요.

그런 다음 우린 버찌를 누가 더 많이 먹고 더 멀리 씨를 뱉을 수 있나 시합을 했어요.

엄마가 정원으로 왔어요. 엄마는 화난 듯이 보였지만 곧 다시 집 안으로 들어가 침대에 누웠어요.

그 뒤로 나는 아침마다 내 벚나무에 올라가 테오를 기다렸어요.

기다리면 테오가 왔어요. 이제는 버찌가 없었지만 그래도 왔어요. 테오는 하얀 새들이 우는 소리를 흉내 낼 수 있었고, 나도 금방 배웠어요.

어느 날 우리는 나무에 오두막을 짓기로 했어요.

"오두막."

테오가 말했어요.

처음에는 무슨 말인지 알지 못했어요. 하지만 테오가 케르스틴 아줌마네 헛간에서 망치와 못과 널빤지를 가져오자 금방 이해했어요. 우리는 여러 날 동안 망치질하고 못질을 했어요.

오두막이 완성되자 테오는 방석과 담요를 비롯해 온갖 것을 가져왔어요. 재미있는 게임과 테오 엄마가 구운 계피빵도 가져왔어요.

하지만 테오는 내게 오지 않고 다른 친구들하고 놀 때도 있었어요. 그럼 나는 혼자 나무 위에 앉아서 생각하고 싶지 않았던 일들을 생각했어요. 어쩔 수 없이 그렇게 되었어요. 경찰이 우리를 발견하면 어떻게 될까? 우리는 여기 있어서는 안 되잖아.

그런 다음에는 아빠를 생각했어요. 아빠를 오랫동안 보지 못했기 때문에 어떻게 생겼는지 기억할 수 없었어요. 아빠는 내가 어렸을 때 감옥에 갔어요. 써서는 안 될 글을 썼기 때문이래요. 내가 왔던 나라에서는 자기 생각을 쓰는 것이 금지예요. 말해서도 안 돼요. 그렇게 하는 사람은 감옥에 가요. 아빠도 그랬어요. 하지만 나는 아주 어렸기 때문에 이해하지 못했지요.

한번은 엄마랑 감옥에 있는 아빠를 만나러 갔어요. 하지만 내가 기억하는 거라곤 역시 자기 아빠를 방문하러 온 다른 소녀뿐이에요. 소녀는 머리에 빨간 리본을 매고 있었어요. 바로 내가 갖고 싶었던 리본이었어요! 그 리본은 여전히 기억나지만 아빠는 기억나지 않아요.

난 혼자 나무에 앉아 있을 때 그런 것들을 생각해요. 하지만 테오가 오면 곧바로 오두막에 올라가서 놀아요.

아니면 그냥 땅바닥에서 놀기도 해요. 테오의 장난감 자동차가 다닐 도로와 다리를 만들고 집과 호수, 강과 산을 만들어요.

가을이 되자 테오는 학교에 갔어요.

케르스틴 아줌마는 나도 학교에 가야 한대요. 섬에 있는 학교의 선생님이거든요. 하지만 엄마는 안 된다고 했어요. 엄마는 경찰이 나를 데려갈까 봐 두려웠던 거예요.

나는 아이들이 학교에 가는 소리가 들릴 때면 쓰레기통 옆에 있는 덤불 속에 숨어서 아이들을 관찰했어요.

때때로 하얀 새 소리를 흉내 내면 그때마다 테오가 대답해요. 테오만이 덤불 속에 비밀 아이가 앉아서 소리친다는 것을 알거든요.

그러다 날이 추워졌어요. 난 집 안에 있어야 했어요.

엄마는 기력이 있으면 케르스틴 아줌마가 육지의 도서관에서 빌려 온 책을 읽어 주었어요. 엄마가 잠자면 난 케르스틴 아줌마의 고양이와 놀거나 바닥에 엎드려 그림을 그려요. 이따금 조용히 누워서 뭔가 다시 재미있는 일이 일어나기를 기다리기도 해요. 아무 일도 일어나지 않는 것에 싫증이 났거든요.

테오는 매일 학교에 갔어요. 집에 오면 숙제를 하고 친구들과 놀아야 해요. 마침내 난 테오가 날 잊었다고 생각했어요.

그런데 어느 날 놀라운 일을 겪었어요. 쓰레기를 밖으로 가져가는데 덤불 속에 작은 꾸러미가 있는 거예요. 그 위에는 '비밀 친구에게 테오가'라고 쓰여 있었어요. 꾸러미를 펼치니 깡통이 있고, 그 안에는 직접 만든 초콜릿이 들어 있었어요. 난 테오가 여전히 날 생각하고 있다는 것을 알았어요.

며칠 뒤 두 번째 놀랄 일이 생겼어요. 축구 선수들 사진이 들어 있는 꾸러미가 있었어요. 그리고 세 번째 꾸러미에는 아름다운 빨간 털실로 짠 장갑이 들어 있었어요. 참 좋았어요. 날이 많이 추워졌거든요. 물 위에 얼음이 생겼어요.

그런 다음 내 평생 가장 크고 놀라운 사건이 일어났어요.

오늘 아침 일이었어요. 눈이 내렸고 세상이 온통 하얀색이었어요.

난 털장갑을 끼고 나무로 달려가 꼭대기까지 올라갔어요. 거기 앉아 얼어붙은 물을 바라보았어요.

모든 것이 고요했어요. 움직이는 것이 딱 하나 있었는데, 어떤 남자였어요. 남자는 얼음 위를 걸어 가까이 다가왔어요. 경찰이다, 난 생각했어요.

우리 섬의 해안가에 이른 남자를 보니, 제복을 입고 있지 않았어요. 하지만 사람들이 알아차리지 못하도록 아주 평범한 옷차림을 한 경찰이 있다는 말도 들었거든요. 난 얼른 나무에서 내려가 엄마에게 알려야 한다는 것을 알았지만, 돌이 된 듯 움직이지 못했어요.

남자는 곧장 우리 집으로 걸어왔어요. 집에 이르자 남자는 문 앞에서서 쪽지를 찬찬히 들여다보았어요. 그런 다음 쓰레기통 옆 정원으로 와서 녹색 문을 두드렸어요.

엄마가 문을 열 때까지 남자는 여러 번 두드려야 했어요. 엄마는 남자를 보더니 비명을 지르며 잠옷 차림으로 남자에게 와락 달려들었어요. 난 엄마가 미쳤나 보다고 생각했어요. 남자는 엄마를 껴안았고, 그다음엔 무슨 일이 일어났는지 모르겠어요. 아무튼 난 나무에서 내려갔어요. 엄마한테 달려가 엄마의 잠옷을 잡아당겼어요.

"누구예요?"

내가 외쳤어요. 하지만 엄마는 대답할 수 없었어요. 엉엉 울어야 했거든요. 동시에 웃기도 했어요.

"아빠다."

남자가 말하며 나를 높이 들고 두 뺨에 입을 맞추었어요.

난 싫다며 그를 때렸어요. 믿기지 않았거든요. 평범한 남자로 변장한 경찰이 있다면, 아빠라고 주장하는 경찰이 있을지도 모르잖아요.

하지만 엄마가 울음을 그치고 그를 때려서는 안 된다고 말했어요.

그리고 남자에게 말했어요.

"당신 딸을 용서해야 해요. 아빠를 갖는 데 익숙하지 않아서 그래요."

이것이 오늘 우리 녹색 문 앞에서 일어난 일이에요. 난 아빠를 만났어요. 이제 나도 아빠가 어떻게 생겼는지 이야기할 수 있어요. 키가 크고 날씬해요. 그리고 아빠는 나를 볼 때면 웃음을 참지 못하는 얼굴이 돼요.

아빠는 내가 학교에 가기를 원해요. 이번에는 엄마도 동의했어요. 게다가 케르스틴 아줌마가 알아낸 사실에 의하면, 경찰이 학교에 와서 비밀 아이들을 데려가서는 안 된대요. 케르스틴 아줌마는 '숨겨진 아이'라고 말해요. 테오랑 나만이 '비밀 아이'라는 말을 써요. 학교에서는 이제 비밀로 남아 있지 않아도 돼요. 어쩌면 내 이름을 말해야 할지도 몰라요.

오늘 저녁 우리는 모두 케르스틴 아줌마의 부엌에 앉아 엄마가 구운 케이크를 먹었어요. 테오도 와서 자기 엄마한테 정원 한 모퉁이를 얻었다고 했어요. 봄이 되면 당근을 심어도 된대요.

케르스틴 아줌마가 나도 정원에 직접 뭔가를 심을 모퉁이를 갖고 싶으냐고 물었어요.

갖고 싶냐고요! 난 무엇을 심을지도 정했는걸요. 금잔화와 무를 심을 거예요. 그리고 그것들은 완전히 나만의 것이 될 거예요!

[앙겔리카 쿠치가 스웨덴어에서 옮김]

컵의 열매

이네스 갈란드
Inés Garland

옛날에—아니면 앞으로 언젠가일 수도 있다. 아무도 이 이야기가 이미 일어난 일인지 아니면 앞으로 일어날 일인지 모르니까—잃어버린 섬이 하나 있었다. 이 섬은 정말로 잃어버린 것이 아니었다. 섬들은 없어지지 않으니까. 하지만 옛날에 이 섬은 훨씬 더 큰 섬의 일부였다. 어쩌면 대륙의 일부였을지도 모른다. 어느 월요일 늦은 오전, 섬은 거의 알아차릴 수 없는 작은 소리를 내며 분리되었다. 마치 잇몸에서 유치가 빠지듯이 말이다. 집에서 점심을 만들던 여자들도 전혀 듣지 못했다. 섬은 바다를 헤엄치기 시작했다. 처음에는 아무도 알아차리지 못했다.

이 이야기는 그 월요일 오전이 지나고 한참 뒤 해 질 무렵 카수미가 잠수를 끝내고 집으로 돌아가던 저녁에 시작한다. 카수미는 막 열세 살이 되었고, 그 섬 진주조개잡이 해녀의 딸이었다. 엄마는 그 섬 최고 해녀의 딸이었고, 엄마의 엄마 역시 섬 최고 해녀의 딸이었다. 그날 카수미는 10분 동안 숨을 참고 5미터 깊이에 머무는 데 성공했다. 생일에 목표를 이룰 계획이었는데, 생일인 오늘 성공한 것이다. 카수미는 더 깊이 잠수할 수 있으리라 확신했지만 엄마가 허락하지 않았다. 카수미는 노래를 부르며 집으로 향했다. 할머니가 무척 기뻐할 것을 생각하니 행복했다. 할머니는 이제 거의 잠수를 하지 않았지만 바다에 대해 들려줄 이야기를 많이 알고 있었다.

카수미는 멀리 해안가에 뭔가 기다란 물체가 놓여 있는 것을 보고 나무줄기라고 생각했다. 어쩌면 상어일지도 몰라서 겁나기까지 했다. 상어가 물속에 있지 않으면 살아 있을 수 없겠지만, 상어는 무서우니까 죽었을지라도 결코 좋지 않았다. 낯선 물체는 마침 해변으로 밀려오기 시작한 밀물에 의해 이리 구르고 저리 굴렀다. 불과 몇 미터 떨어진 거리에 왔을 때 카수미는 물체가 상어도 아니고 나무줄기도 아님을 알아차렸다. 하지만 그것이 소년임을 알아본 것은 더 가까이 가서였다. 그렇게 이상한 소년은 본 적이 없었다. 가장 눈에 띄는 것은 피부색이었다. 소년은 카수미가 어렸을 때 아버지가 가져다준 밤처럼 갈색이었다. 하지만 벌려진 손바닥은 장밋빛이었다. 갈색 줄이 나 있었지만 그래도 장밋빛이었다. 소년은 무척 아름다웠다. 길고 촘촘한 속눈썹과 해초 같은 머리칼과 두툼한 입술을 가지고 있었다. 갑자기 입에서 물이 뿜어져 나왔다. 카수미는 놀란 나머지 소년이 꼼짝도 않고 해변에 누운 채 거의 숨도 쉬지 않는다는 것을 까맣게 잊고 있었다. 이제 카수미는 쪼그리고 앉아 소년이 소금물을 더 쉽게 뱉을 수 있도록 소년을 옆으로 굴렸다.

소년은 기침을 했다. 그리고 앓는 소리를 내더니 두 손을 눈 위에 얹고 몸을 웅크렸다. 말미잘처럼, 아주 작은 아기처럼. 카수미의 주의는 다른 쪽으로 쏠렸다. 카수미는 소년의 손바닥을 응시했다. 손바닥은 손등의 피부색보다 훨씬 밝았다. 카수미는 이 커다란 차이에 놀랐고, 곧바로 이모를 생각하지 않을 수 없었다. 이 소년의 피부색과 비교해 볼 때 이모의 피부색은 얼마나 극단적으로 다른지. 이제 소년의 입이 숨을 쉬기 위해 벌어졌고, 입술 사이로 거의 하얀 혀가 보였다. 소년은 다시 앓는 소리를 냈다. 너무 애끓는 소리여서 카수미는 자기 자신에게 화가 났다. 카수미는 생각이 이 일에서 저 일로 벼룩처럼 팔짝팔짝 뛰어 코앞에서 벌어지는 일에 집중할 수 없을 때면 늘 자신에게 화가 났다. 카수미는 재빨리 바구니에서 마실 물이 들어 있는 병을 집어 올렸다.

"물 마실래?"

카수미가 물었다.

그렇지만 소년은 몸을 더욱더 웅크리며 다시 신음 소리를 냈다. 소년이 몸을 떨기 시작하자 카수미는 무척 놀랐다. 카수미는 오한이 뭔지 알았다. 해녀들이 바다 밑바닥에서 올라올 때면 때때로 몸을 떨었기 때문이다. 하지만 저 정도로 떨지는 않았다. 소년의 팔과 다리는 당장 몸을 뿌리치고 모래 속으로 들어가 버릴 것처럼 사납게 버둥거렸다. 카수미는 곰곰 생각했다. 도와줄 사람을 데려와야 했으나, 소년을 혼자 두고 싶지 않았다. 유일하게 떠오른 생각은 두 팔로 소년을 꼭 껴안는 것이었다. 빠져나가려는 문어 같은 소년을 카수미는 꼭 붙들었다. 그리고 이유 같은 건 생각지 않고, 노래를 부르기 시작했다. 소년을 위해서인지 아니면 자기 자신을 위해서인지 알지 못했다. 카수미는 소년을 껴안고 있으면서도 걱정이 되었고 그 걱정을 노래로 쫓아 버리고 싶었다. 노래는 소년에게도 효과가 있는 것 같았다. 소년이 점점 진정되면서 팔과 다리가 움찔거리는 것이 그쳤기 때문이다. 언젠가부터 소년 역시 카수미를 얼싸안고 있었다. 그렇게 두 사람은 한동안 누워 있었다. 소년은 계속 두 눈을 감고 있었다. 태양이 바닷속으로 가라앉았고, 해안가 낮은 나무들 위로 별들이 점점 더 밝게 반짝이기 시작했다. 마치 낫처럼 가느다란, 거의 투명한 달도 떠 있었다.

소년은 사흘 동안 카수미 이모의 온실에 깔아 놓은 돗자리에 누워 있었다. 구석에 있는 소년은 화분들이며 거름 자루, 양철 물뿌리개, 원예 기구들 때문에 거의 보이지 않을 때도 있었다. 섬에는 의사가 없었지만 의사와 결혼했던 한 여자가 여러 해 동안 남편 말을 귀 기울여 들었던 터라 의술에 대해 조금 알고 있었다. 여자가 말했다.

"저 아이는 완전히 겁먹었어. 뭔가 먹을 것을 주어야 해. 하지만 무엇보다도 물을 마셔야 해."

여자가 노래를 불러 주라고 하지는 않았으나, 그래도 카수미는 노래를 불렀다. 그러면서 소년의 손을 펴서 손가락으로 장밋빛 손바닥의 검은 선들을 조심조심 따라가 보았다.

카수미는 돗자리 가장자리에 오래도록 앉아 계속 소년을 관찰했다. 자신의 호기심이 때로는 조금 부끄럽기도 했다. 어느 날 아침 소년이 두 눈을 떴다.

카수미는 막 잠수하러 가려던 참이었다. 카수미는 소년의 눈동자에 조그맣게 맺힌 자신의 모습을 알아볼 수 있었다. 마치 카수미를 더 잘 보려고 거기에 새겨 놓은 것 같았다. 그런 다음 소년은 목쉰 소리로 무슨 말을 했다. 옛날, 섬이 아직 더 큰 섬 또는 대륙의 일부였을 때 겨울에 내려앉던 까마귀들 소리 같았다. 카수미도 뭔가를 이야기했지만, 둘 다 상대의 말을 알아듣지 못했다. 소녀는 자신을 가리키며 "카수미."라고 말했다.

"너는?"

하지만 소년은 입을 크게 벌리더니 손가락으로 가리켰다.

"너, 배고프구나."

소년이 손짓을 반복하자 카수미는 먹을 것을 가져오려고 달려갔다.

평생 누가 그렇게 먹는 것을 본 적이 없었다. 먹는다기보다는 섬 전체를 삼키려는 것 같았다. 소년은 먹고 또 먹었다. 그런 다음 카수미를 바라보았고, 자신을 가리키며 말했다.

"켑."

켑은 하루 종일 먹었다. 마치 앞으로 평생 다른 일은 하지 않으려는 것 같았다. 카수미의 엄마와 할머니, 이모는 소년이—소년의 이름 켑은 카수미의 이름처럼 'ㅋ'으로 시작하지만 'ㅂ'으로 끝나 비슷하게 들리다 말았고, 소년의 둥근 눈은 때로 너무 검어서 마치 갑작스레 밤이 된 듯했다—원하면 그대로 내버려 두어야 한다고 생각했다. 어쩌면 여자들은 조금 불안했을 수도 있다. 남자들이 없어도 무방비하다고 느끼진 않았지만, 뭐랄까 기이하고 예기치 않았던 일이 일어난 지금은 남자들이 있기를 바랄지도 모른다. 배를 타고 뭍에 간 남자들이 돌아와 자신들의 부인이 비록 소년이긴 하지만 알지 못하는 사람에게 피난처를 허락했다는 것을 알면 뭐라고 할까? 소년은 너무 달랐다. 피부는 밤껍질처럼 갈색이었고 눈은 밤하늘처럼 검었으며 아무도 이해하지 못하는 언어를 썼다.

할머니가 지휘를 맡았다. 소년은 바다에 던져지지 않을 것이었다. 믿기지 않게도 소년은 헤엄을 칠 줄 몰랐다! 그저 먼발치에서 해안을 보아도 금방이라도 눈물이 터질 것처럼 보였다. 파도 소리를 듣자마자 소년은 불안하게 카수미를 돌아보았다. 팔다리가 길어 수영을 매우 잘할 수 있을 터인데도 소년에게 잠수를 가르쳐 주는 것은 불가능했다. 소년을 어떻게 해야 할까? 섬에서는 누구나 열심히 일했다. 뭔가 유용한 일을. 다들 형편이 넉넉하지 않았다. 그래서 더욱 소년하고는 말을 할 수 없었다. 소년은 돌 같았다. 아무 말이 없었다.

"고집스러워."

카수미의 엄마가 말했다. 하지만 그건 맞지 않는 말일지도 몰랐다. 소년에게 시간을 주어야 했다. 바다와 관계되는 모든 것에 불안해하고, 하루 종일 정원에서 보내는 것을 더 좋아한다면, 그냥 놓아두어야 했다.

"그냥 앉아서 바라보고만 있어요. 식물에 관심이 있는 것 같아요. 식물 키우는 것도 할 일이 얼마나 많은데!"

"그 아일 그냥 내버려 두어야 해. 어디서 왔는지 누가 알겠니. 어떤 일을 겪었는지 누가 알겠니."

할머니가 말했다.

카수미는 켑이 바다를 좋아하지 않아서 조금 실망했다. 더 깊이 잠수하는 것을 배운, 바로 이때 말이다. 소년에게 해 줄 수 있는 이야기가 없어서 조금 심심했다. 소년은 바다를 너무나 무서워해서 한 번도 함께 가지 않았고 해안이나 보트에서 카수미를 기다리지도 않았다. 카수미가 깊이 잠수할 때 켑이 밧줄을 붙들어 준다면, 카수미가 줄을 잡아당길 때 위로 끌어당겨 준다면, 상어가 나타나는지 지켜봐 준다면, 얼마나 좋을까.

결국 여자들은 이따금 켑에게 화를 냈다. 소년은 여자들의 말을 이해하지 못하는 듯 보였지만, 카수미는 소년이 첫날처럼 몸을 웅송그리는 것을 눈치챘다. 소년은 점점 더 작아지는 듯 보였다. 돌처럼 침묵에 싸여 있고, 돌처럼 굳게 닫혀 있고, 이른바 돌로 변해 버렸다. 누군가 부엌에 던져 놓은 돌 같았다. 소년의 태도에 카수미의 엄마와 이모는 더욱 화를 냈으나, 반대로 카수미는 괴로웠다. 소년을 도와주고 싶었지만 방법을 몰랐다. 이제는 감히 소년을 얼싸안으려 하지 않았다. 이따금 그런 행동이 소년에게 닿는 유일한 길일지 모른다고 분명히 느낄 때도 그랬다. 감히 더는 노래를 불러 주지도 않았다. 그들은 같은 언어로 말하지는 않았으나, 돌로 변한 켑은 비웃는 단어들로 가득 채워져 있을 거라고 카수미는 상상했다.

소년은 돌로 변해야 할지 말아야 할지 자신과 싸우고 있는 것 같았다. 카수미는 몰래 소년을 관찰하기 시작했다. 켑은 정원을 걷거나 이모의 식물들 곁에 가서 앉을 때면 행복해 보였다. 카수미는 심지어 소년이 목련꽃에 입술을 대는 것을 보기도 했다. 그것은 카수미 자신도 즐겨 하는 행동이었다. 진주를 이에 갖다 대고 숨결처럼 얇은 층들을 느끼는 법을 배웠던 그날, 이모가 보여 주었던 행동이었다. 카수미는 또한 켑이 화분 하나의 흙을 부드럽게 부수는 것도 관찰했다. 소년은 심지어 흙 한 줌을 입에 넣고 맛을 보기도 했다. 하지만 카수미의 이모가 가까이 오는 소리를 들을 때마다 소년은 모든 것을 옆에다 밀어 놓고 마치 내내 거기 그렇게 앉아 있었던 것처럼 앉아 있었다.

어느 날 저녁 카수미의 이모는 여느 때보다 더 격분했다. 이모는 꿈속에서 본 특별한 꽃을 재배하려고 했는데, 자꾸만 작은 싹이 죽어 버렸다. 그런데 그 책임을 켑에게 돌렸다. 켑이 늘 온실 안을 살금살금 돌아다니니까 그렇다고. 이모는 직접 보지도 않았으면서 켑이 무엇을 했는지 어떻게 안단 말인가? 이모의 노한 말들을 들으며 켑은 순식간에 돌로 변했다. 부당했다. 카수미도 알았지만, 어른에게 말대꾸해서는 안 된다고 배웠다. 그렇다고 켑의 손을 잡고 어딘가 다른 곳으로 데려갈 수도 없었다. 비록 그렇게 하고 싶었어도 말이다. 이모는 진주 캐는 해녀가 될 수 없었다. 피부가 너무 하얘서 햇빛과 소금물에 금방 상했다. 식물은 이모가 가족 가운데 유일하게 잠수할 수 없는 여자라는 슬픔에서 보호해 주었다. 이모는 벌컥 화를 잘 냈고, 원하는 대로 되지 않으면 참지 못했다. 자신이 키우는 식물의 경우에도 그랬다.

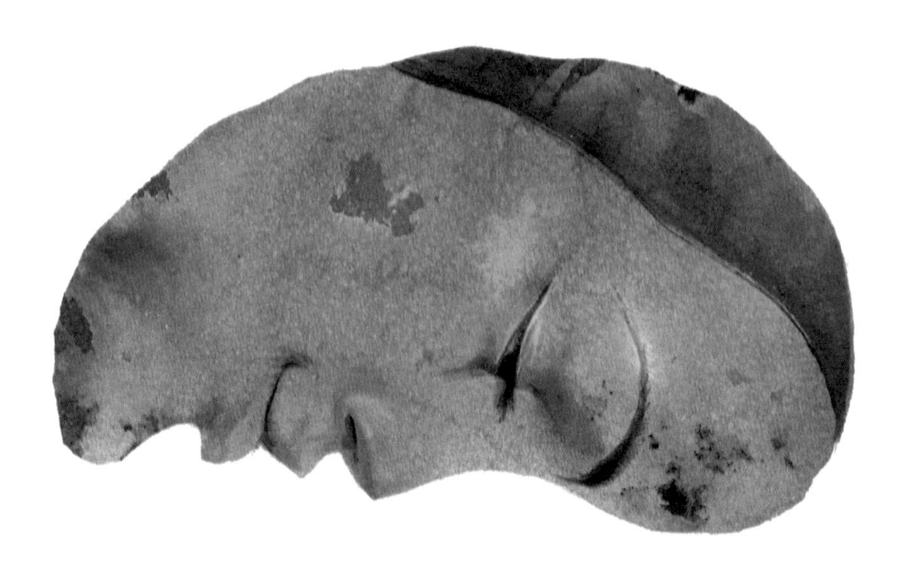

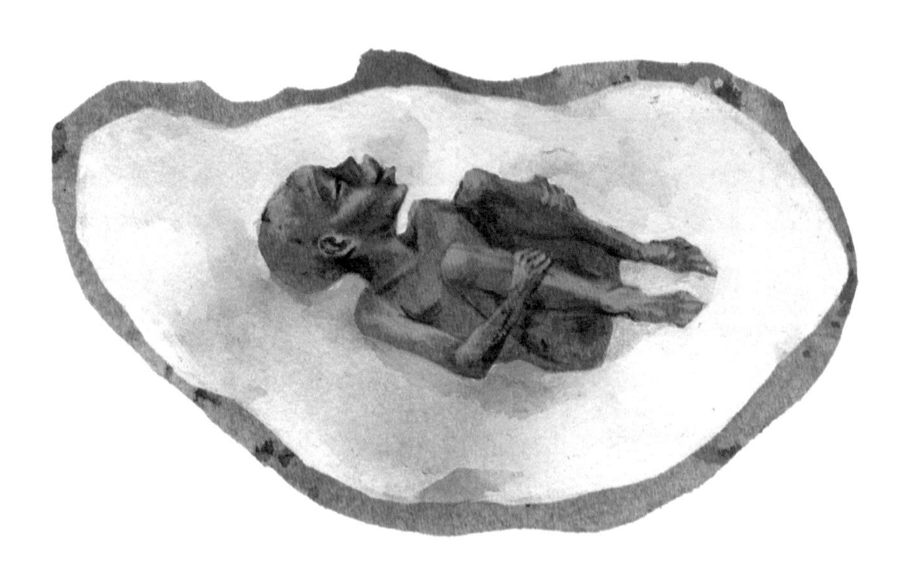

"소년에게 시간을 주어야 한다."

할머니가 다시 말했다.

잠수를 하던 카수미는 문득 켑과 함께 그림을 그려 보자는 생각이 떠올랐다. 마치 눈앞에서 조류에 따라 이리저리 흔들리고 있는 굴이 그렇게 하라고 말하는 것 같았다. 굴! 진주를 품은 굴. 켑과 함께 그림을 그려야 한다는 것을 카수미가 안 순간, 그 굴 속에 진주가 박혀 있으리라는 것도 알 수 있었다.

정말 있었다. 진주는 켑이 바다에서 관심을 갖는 듯이 보이는 최초의 것이었다. 켑은 진주를 손바닥에 올려놓고 굴려 보고, 빛을 향해 대어 보고, 혀에도 놓아 보았다. 그런 다음 주머니를 뒤져 식물의 씨앗 하나를 꺼냈다. 켑의 말을 카수미는 한 마디도 이해하지 못했지만, 아무튼 진주 역시 씨앗이라고 생각하는 듯했다. 카수미는 웃지 않을 수 없었고 그림으로 진주를 설명하기 위해 종이와 목탄과 색연필을 가져왔다. 한 장 한 장 그릴 때마다 켑의 감격은 점점 더 커졌다. 켑은 정원으로 달려가 나뭇가지를 가져오더니 그 속에 진주층을 그린 그림과 비슷한 것이 있으며, 이슬방울 역시 진주가 될 수 있음을 보여 주었다. 마치 바다의 사물들을 육지에서 찾으려는 것 같았다.

카수미는 켑이 다음 날 보여 준 그림들을 보고 깜짝 놀랐다. 처음 몇 장에는 켑과 마찬가지로 피부가 밤껍질처럼 갈색인 사람들로 가득 찬 보트가 있었다. 주위에는 푸른 바다가 있고, 위쪽 구석에는 노란 달팽이 집 같은 태양이, 하늘에는 여러 다른 크기의 V자로 표시된 새들과 장밋빛 구름이 있었다. 그러나 대여섯 번째 장부터는 색이 없었다. 순전히 목탄으로 그린 검은 선과 원들만 거칠게 뒤죽박죽되어 있었다. 카수미는 서투르게 휘갈긴 것 같은 그것이 소용돌이치는 바다임을 알아차렸다. 보트는 망가졌고, 사람들은 물속에 있었다. 혼란스러운 선들 속에서 손과 발과 머리, 팔과 다리가 튀어나와 있었다. 혼란스러운 모습은 갈수록 커졌다. 카수미는 손들과 부릅뜬 눈들, 검은색 속에서 가라앉는 입들이 물에 빠져 죽는 사람들을 나타냄을 알 수 있었다. 켑은 팔을 점점 더 격하게 휘둘렀다. 마치 카수미와 함께 여기 있는 것이 아니라 그림 속 검은 선들 속에, 바다에 잡혀 있기라도 한 듯 거의 비명을 질러 댔다. 잠시 후 켑은 페이지를 차례차례 넘기는 대신 허공으로 던졌다가 다시 잡았고, 카수미에게 보여 주었다가도 카수미가 무엇을 그린 건지 이해하려고 애쓰면 손에서 낚아챘다. 그러다 어느 순간 바닥에 몸을 던졌다. 높이 내던졌던 페이지 몇 장이 허공에서 떠 있다가 켑 옆에 내려앉았다. 그때 켑은 눈물을 터뜨렸고, 그때까지 카수미가 본 것 가운데 가장 큰 슬픔과 설움으로 온몸을 떨었다.

카수미는 첫날처럼 켑을 꼭 껴안았다. 아주 꼭. 또한 아주 조심스레. 켑은 가만히 안겨서 카수미가 하는 대로 두었다. 점차 켑은 진정되었다. 처음에는 흐느낌을 멈추었고 다음에는 다시 정상적으로 숨을 쉬었다. 다만 여전히 눈물을 줄줄 흘렸다. 마지막에는 눈물 없이 훌쩍였다. 그동안 또다시 달이 뜨고 별들이 반짝이기 시작했고 섬은 계속 바다를 헤엄쳐 갔다.

어쩌면 변화는 하룻밤 새에 일어나지 않을지도 모른다. 어쩌면 날마다 작은 변화들이 계속될지도 모른다. 아니면 어떤 날에는 변화가 있고 어떤 날에는 없을지도 모른다. 언제부턴가 여자들은 켑의 문제에 대해 이야기하지 않았다. 곧 남자들이 집에 올 것이다. 설령 남자들에게 무슨 말을 해야 할지 생각해 둔 사람이 있다 해도 다른 사람과 상의하지 않았다. 켑은 온실 한 귀퉁이를 달라고 부탁했고 그곳에 호주머니에 갖고 있던 씨앗을 심었다.

몇 달 후, 남자들이 만에 닻을 내리고 땅 위로 올라오기 며칠 전에, 켑의 씨앗이 꽃을 피우기 시작했다. 정확히 카수미의 이모가 꿈에서 보았던, 그들 가운데 누구도 한 번도 본 적이 없는 꽃, 훗날 열매가, 켑의 열매가 달릴 나무의 꽃이었다.

[일제 라이어가 아르헨티나식 스페인어에서 옮김]

폐쇄된 문

페터 헤르틀링
Peter Härtling

난 여러분이 언제가 시작인지 모르게 시작할 거다. 난 '나'라는 1인칭을 포기하고 3인칭으로 이야기할 거다. 사건은 이렇다. 난 열세 살이었고 우리 가족은 전쟁이 나서 피란을 가는 중이었다. 이제 나는 이렇게 쓴다. 소년은 열세 살이었고 1945년 봄에 전쟁이 나서 가족과 함께 피란을 가는 중이었다. 그들이 집을 떠난 지 벌써 여러 날이 되었다. 살던 도시에 전쟁이 가까워지자 대기는 유탄과 포화로 시끄러웠고, 뜻밖에도 아빠가 와서 그들을 데려갔다. 각자 트렁크를 꾸려 집 앞에서 기다리고 있는 건초 마차에 실었다. 소년은 아빠가 현관문을 잠글 때 아빠 옆에 서 있었다.

"영원히 안녕."

소년이 말했다.

그들은 여러 번 기차를 바꿔 탔다. 역에서는 붐비는 대합실에 앉아 기진맥진해서 잠이 들었다. 엉망이 된 땅을 지나며 거듭해서 폐허들을 보았다. 때로는 마차 뒤에서 걸어가는 피란민들을 보았다. 때로는 선로 옆에서 시체를 보기도 했다. 군인 시체도 있었고 민간인 시체도 있었다. 아빠는 오스트리아 삼림 지구의 도시 츠베틀은 미군이 점령했을 거라고 예상했다. 하지만 점령군은 러시아 군인들이었다.

안뜰이 있는 여관에서 피란민들은 묵을 곳을 발견했다. 파블라치라고 불리는 목조 복도로 이루어진 건물 2층의 작은 방이었다. 방들은 복도를 따라 안뜰 쪽으로 나 있었는데, 이 방들은 전에 사무실로 쓰이던 것이었다. 소년의 가족들도 책상을 붙여 놓고 그 위에서 잠을 잤다. 할머니만 침대가 있었다. 러시아인들은 도시를 점령한 뒤 이 건물 안뜰로 이사했다. 트럭도 왔고, 마차도 왔다. 그들은 시끄러운 데다가 술을 마셔 대어 불안감을 돋웠다. 소년은 여인들의 경고를 거스르고 감히 바깥으로 나가 난간 아래를 내려다보았다. 거기서 보이는 광경은 한 편의 연극이 되어, 소년의 꿈속으로 몰려들었다. 이따금, 저녁때, 군인들은 모닥불을 둘러싸고 노래하고 춤추었다. 잘 때는 트럭이나 마차로 다시 돌아갔다. 낮에는 하루 종일 어디론가 사라져 맡은 일을 수행했다. 그들은 작은 무리를 이루어 노래하며 골목길을 행진했다. 예고 없이 주민들의 집에 들어가 약탈하고 남자와 여자들을 잡아왔다. 특히 시계와 아코디언을 노렸다. 옆집에서는 피아노를 들어내 마차에 실었다. 농부들의 말이 끌려 나오는 동안 군인 하나가 서서 피아노를 연주했다.

사령부가 열여섯 살에서 예순 살 사이의 남자들은 모두 출두하라고 했을 때 아빠가 출두했고 억류되었다. 여자들은 점령군을 위해 봉사해야 했다. 감자 껍질을 깎거나 거대한 탱크를 깨끗이 청소해야 했다.

소년은 여기저기 돌아다니기 시작했다. 조심조심. 안뜰의 군인들은 그런 소년을 내버려 두었다. 여자들이 부르는 소리가 쫓아오며 소년을 잡아당겼다. 소년은 자신의 행동이 모두를 압박하는 불안의 벽을 돌파한 것만 같았다.

얼마 후 파블라치에 있는 방 하나에 장교 한 사람이 들어왔다. 초록 모자를 쓴, 다들 두려워하는 비밀경찰이었다. 여자들은 이제 감히 문 밖으로 나가지 않았다. 그 인간에게 무슨 꿍꿍이가 있는지 누가 알겠느냐고 여자들은 말했다. 소년은 아무래도 상관없었다. 남자는 무슨 비밀을 지키고 있는 것 같았다. 그는 문 뒤로 사라져 더는 모습을 보이지 않았다. 하지만 그의 말소리는 늘 들려왔다.

"그 인간은 끊임없이 혼잣말을 해."

할머니가 말했다. 엄마는 할머니 말에 동의하지 않았다.

"제 생각엔 전화하는 거예요."

드물지만 그를 찾아오는 사람들이 있었다. 대부분은 순박해 보이는 군인들이었다. 그들은 고개를 숙이고, 팔을 늘어뜨리고 살그머니 와서 문을 두드리고 문 뒤로 사라졌다. 소년은 초록 모자를 찾아온 군인들이 말하는 소리를 듣지 못했다. 말하는 것은 언제나 초록 모자뿐이었다.

"페터!"

저녁을 먹으라고 부르는 소리가 들리기 전까지 소년은 날마다 파블라치에 서서 안뜰의 군인들이 만드는 장관을 내려다보았다. 불이 타오르고, 군인 하나가 아코디언을 연주하고, 또 한 군인은 춤을 추고, 다른 군인들은 환호성을 질렀다. 소년은 장교의 방문 바로 앞에 자리를 잡고, 이를 테면 등으로 귀를 기울였다.

어느 날 저녁 남자는 문 뒤에서 큰 소리를 냈다. 정확히 말하면 위협적으로 고래고래 호통을 쳤다. 고개를 숙인 군인 하나가 문 뒤로 사라진 다음의 일이었다. 남자는 군인을 끝장내고 있어, 죽이고 있어. 그런 생각이 소년의 머릿속을 뚫고 지나갔다. 어른들이 여관 식당에서 하던 흉흉한 이야기들이 모두 떠올랐다. 초록 모자들은 마음에 들지 않는 사람들을 고문하고 죽인다고 했다. 이모가 전하는 말로는, 사람들이 숲에 갔다가 나뭇가지 아래 숨겨져 있던 시체에 발이 걸려 넘어질 뻔했는데, 시체는 무시무시할 정도로 크고 또 파리 떼에 뒤덮여 있었다고 했다.

소년은 종종 몇 시간 동안 파블라치에, 즉 초록 모자 가까이에 있었지만, 그는 나타나지 않고 방 안에만 머물러 있었다.

사람들은 격론을 벌이며 무슨 일인지 알아맞히려고 애썼다.

“그가 총을 쐈어요.”

여관 주인의 아들이 말했다.

“네가 뭘 안다고 그런 이야기를 해?”

늙은 여관 주인이 모인 사람들에게 흥분하지 말고 식사하라고 재촉했다.

“어쩌면 우리가 총소리를 듣지 못했는지도 모르지.”

할머니가 말했다. 하지만 엄마는 할머니 말에 반대했다.

“우리 방하고 그 사람 방 사이에는 방 하나밖에 없어요. 총소리가 났다면 우린 깜짝 놀랐을 거예요. 여관집 아들은 자기가 대단한 체하려고 이야기를 지어낸 거예요.”

소년도 그렇게 생각했다.

저녁때 소년은 여인들의 경고에도 불구하고 파블라치로 나갔다. 아래 안뜰에 피워 놓은 모닥불이 춤추는 사람들의 그림자를 건물 벽에 거대하게 드리웠다.

갑자기 장교가 소년 옆에 섰다. 키가 크고 여윈 사람이었다.

“그칠 줄 모르고 축하를 계속하는군.”

장교가 독일어로 말했다. 소년은 예기치 못했던 일이었다.

“무엇을 축하하는데요?”

소년이 물었다. 작은 소리로.

“승리를 축하하지. 파시스트에 대한 우리의 승리를. 알겠니?”

"독일어를 할 줄 아세요?"

소년이 주저하며 물었다. 어쩌면 장교는 그런 질문을 전혀 받고 싶어 하지 않을 수도 있었다.

"왜, 놀랍니?"

그의 커다란 손이 목조 난간을 쥐었다.

"독일어를 공부했지. 레닌그라드에서."

그들은 말없이 난간 위로 몸을 구부렸다. 파블라치에 여러 번 머물렀던 소년은 능숙하게, 소년 옆의 장교는 균형을 잃지 않으려고 조심스레.

대담한 사람은 아니구나. 소년은 생각했다.

장교가 안뜰을 내려다보며 물었다.

"네 이름은 뭐냐?"

"페터예요."

"나랑 같은 이름이로구나!"

남자가 웃었다.

"물론 러시아어로는 표트르라고 부르지만."

"표트르."

소년이 발음을 따라 했다.

커다란 손이 소년의 손 위에 놓였다.

"너 별 보는 것 관심 있니? 별이 총총한 하늘에서?"

소년은 당황하며 고개를 끄덕였다.

"좋아."

남자는 소년의 손을 놓았다.

"그렇다면 매일 저녁 날이 어두워지면 만나자. 엄마가 허락하신다면 말이다."

소년의 엄마는 의심쩍어했지만 허락했다.

"문 앞에서 너무 멀리 가면 안 된다."

소년은 다음 날 하루 종일 안절부절못하며 저녁이 오기를, 어두워지기를 기다렸다.

표트르는 딱딱한 차림이 아니었다. 그는 회색 풀오버를 입고 있었다. 별을 볼 때는 저렇게 편하게 입는지도 몰라. 소년은 생각했다. 표트르는 파일을 들어 올리며 설명했다.

"여기에 별자리를 몇 개 그려 두었다. 원한다면 비교해 봐라."

소년은 고개를 끄덕였다. 어쩐지 허물없이 느껴졌다.

"위를 봐라, 페터."

표트르라는 이름의 장교가 명령했다.

"위를, 하늘을!"

소년은 고개를 한껏 뒤로 젖혔다. 보이는 것이라고는 검정색뿐이었다. 간혹 빛 줄무늬가 있을 뿐, 별은 없었다.

표트르는 페터의 어깨에 손을 올려놓았다.

"시선을 돌리지 마. 네 머리 위에 있는 것은 오직 끝없는 공간뿐이다."

소년은 정말이지 공간 속으로 흡수되고 공간으로 에워싸이는 느낌이 들었다.

"별이 안 보여요."

어깨에 얹힌 남자의 손이 더 무거워졌다.

"아니, 있어. 자세히 보렴. 하늘만 보지 말고. 거기 별들이 있어."

마치 초록 모자의 말을 들었다는 듯, 갑자기 별들이 거기 있었다. 무한히 많았다. 상당히 무질서했다.

"별들을 따라 선을 그으면 끌채 달린 수레 같은 모습이 되는데, 알아볼 수 있겠니?"

페터는 입을 벌리고 하늘을 쳐다보았다. 하늘에서 어떤 형태를 볼 수 있는 남자가 놀라웠다.

"수레가 보이니?"

"네. 보여요."

소년은 경건하게 말했다.

"그게 큰곰자리란다. 독일에서는 '큰수레자리'라고도 하고 라틴어로는 '우르사 마요르'라고 부르지. 끌채에서 길게 바라보면 특히 밝게 빛나는 별에 이를 게다."

"네!"

"그게 북극성이란다."

소년은 고개를 내렸다. 어지러웠기 때문이다.

"왜 큰곰이라고 불러요? 전혀 곰처럼 보이지 않는데요."

"좋은 질문이다. 2000년 전 프톨레마이오스라는 학자가 별이 빛나는 하늘을 묘사하려고 시도했고, 형태들을 발견하고 이름을 붙여 주었지. 그때 그가 큰곰이라고 하늘 도표에 적었고, 그래서 그 이름으로 불

리게 되었단다."

표트르는 호주머니에서 공책을 꺼냈다. 모눈종이 공책이었다.

"여기에다 우리가 함께 본 별자리를 그려 보려무나. 나를 기억하는 의미랄까, 그 비슷한 것으로."

그는 공책을 난간 위에 놓고 네모 칸 몇 개에 점을 찍은 다음 가느다란 선으로 연결했다.

"큰 수레와 북극성이 보이지."

소년은 엄마와 할머니에게 공책의 그림을 보여 주며 별자리에 대해 이야기했다. 엄마와 할머니는 믿으려 하지 않았다. 위험한 남자라는 것이었다.

그에 반해 소년은 다른 별자리들을 알게 되고 표트르로부터 설명을 듣는 데 열심이었다. 저녁 식사를 한 뒤 소년은 남자를 기다렸다. 때로는 남자가 먼저 기다리기도 했다. 이따금 표트르는 오지 않았다. 그러고 나면 미안하다면서 할 일이 있었다고 했다.

소년은 표트르의 도움으로 목동자리를 발견하고 공책에 그렸다. 그림 아래에는 프톨레마이오스의 묘사라고 적었다. 어느 날 저녁, 아주 힘들여서 사자자리 꼬리 부근 별자리인 머리털자리를 작은 네모 칸 위에 배치하던 날, 표트르는 사진을 보여 주며 그를 놀라게 했다.

"봐라. 내 아이들이다. 세르요샤는 너만 한 나이이고 스베틀라나는 몇 살 더 위다."

"아저씨 아이들이라고요?"

소년이 믿지 못하며 물었다.

"내가 아버지라는 게 믿기지 않니?"

"모르겠어요."

"슬프구나."

표트르가 말했다.

카시오페이아자리, 케페우스자리, 거문고자리, 페가수스자리를 알게 된 뒤 이웃 방의 닫힌 문 뒤에서 시끄러운 말다툼이 있었다. 표트르는 고함을 지르고 그의 손님은 울었다.

"거칠고 나쁜 작자야."

할머니가 두 손을 귀에 대며 말했다.

엄마는 소년에게 '손님'의 정체를 설명해 주었다. 여관 주인에게 들었다고 했다.

"다들 독일의 포로가 되었던 러시아인들이란다. 그들은 러시아 진영으로 가야 하는데, 이 근처에 있는 일종의 수용소에서 그 대비를 하고 있어. 너의 친애하는 별 보는 사람이 그 책임을 맡고 있고."

다음 날 여관 주인이 군인들의 숙영지를 헤치고 안뜰을 건너오더니, 흥분한 어조로 어제 초록 모자에게 심문을 당하고 괴롭힘을 당한 옛 전쟁 포로가 총으로 자살했다는 말을 전했다. 방금 시 주둔군 사령관이 장교 둘을 대동하고 나타나 초록 모자를 데려갔다는 거다. 그는 갔어요. 여관 주인이 말을 맺었다. 소년은 마음이 아팠다.

"공포도 갔군."

할머니가 덧붙였다.

"아녜요. 표트르가 갔어요."

소년이 할머니의 말을 가로막았다.

그들은 파블라치로 나갔다. 언제나 닫혀 있던 문이 활짝 열려 있었다. 그들은 여관 주인을 따라 방으로 들어갔다. 방 크기는 그들의 방과 같았다. 세 개의 책상이 붙어 있고 침대 하나가 자리를 차지하고 있었다. 두 개의 의자가 밀어 넣어져 있는 책상 하나와 서류장 하나가 방을 비좁아 보이게 했다. 문 하나가 침실로 꾸며진 작은 곁방으로 나 있었다. 뜻밖에도 안뜰 쪽으로 두 개의 창문이 있었다. 그래서 소년은 별을 보는 사람의 사무실이 크다고, 자신들의 숙소보다 크다고 짐작했던 거다.

문은 하루 종일 열려 있었다.

"페터."

엄마가 불렀다.

소년은 문 앞에 서서 안뜰을 내려다보았다. 소년은 저녁이 오기를 기다렸다. 별을 기다렸다. 별 보는 사람 표트르를 기다렸다.

별자리가 그려진 모눈종이 공책은 그 러시아인만큼이나 수수께끼처럼 사라졌다. 어쩌면 남자가 돌아올 것을 두려워한 여자들이 공책을 사라지게 했는지도 모른다.

여러 해 동안 소년이 밤하늘을 바라볼 때면 별을 보는 사람, 표트르가 함께했다. 그리고 천진한 믿음을 배신당한 데 대한 분노도 남아 있었다.

켄타우루스자리 알파별

안드레아스 슈타인회펠
Andreas Steinhöfel

녀석은 문 앞에 서 있었다. 내가 문을 열자마자 녀석은 말을 걸어왔다. 반은 말이고 반은 지저귐이었다. 일종의 체코어인지도 모르겠다고 생각했다. 그게 중요한 건 아니었다. 곧 알아낸 바에 따르면 녀석은 열일곱 개 또는 열여덟 개 언어를 구사했는데, 언어들을 빈번하게, 그것도 문장 중간에 별 생각 없이, 그냥, 바꾸었다. 그 언어들을 여행을 떠나오기 전에야 배웠기 때문이기도 하지만, 또한 역시 곧 알아낸 바에 따르면, 서로 다른 음색이 녀석의 마음에 들었기 때문이다. 녀석은 모든 종류의 소리를 사랑했다. 예를 들어 부엌에서—내가 들어오라고 청한 것이 아니라, 현관문이 뒤에서 닫히자마자, 적어도 서너 개 이상의 언어로 의연하게 재잘대면서, 스스로 유령의 손에 이끌리듯 들어왔던 거다.—아무튼 부엌에서, 녀석은 손인지 발인지 또는 그것이 무엇이든 손과 더 비슷하게 생겼다면 손이라고 부를 것에 달린—그러나 전혀 비슷하게 생기지 않았다. 조금도.—호기심 어린 발톱 또는 손톱 또는 그것이 무엇이든 손가락 끝이라고 봐야 할 것을 놀렸다. 그러니까 부엌에서 녀석이 열린 선반에 놓인 얇은 유리 적포도주 잔 위를 손가락으로 쓰다듬었는데, 거기서 높고 맑은 소리가 나온 것이다. 그런 다음 허공에, 녀석이 쓰다듬어 만들어 낸 음향 한가운데에, 입김을 불었고, 나는 늦여름 따스한 햇살처럼, 곱게 짠, 반짝이는 실처럼 소리들이 부엌을 빙빙 돌고 흔들거리는 것을 보았다. 은과 금과 진주층으로 이루어진 춤이었다.

참 예뻤다. 녀석이 냉장고에서 앞발(손가락, 발톱, 무엇이든 간에)을 떼었다면, 녀석은 즉시 내 마음을 얻었을 거다. 하지만 냉장고에 관한 한 난 좀 까다롭다. 누가 씻지 않은 손가락으로 안에 있는 식료품을 건드리면 뭔가 욱 치밀어 오른다. 이런 심경 변화를 난 어찌할 도리가 없다. 난 청결 교육을 받은 인간이다. 그것을 녀석은 알 리가 없었다. 그럴 수 있다. 그렇지만 우주적인, 그러니까 글자 그대로 우주 전체에 유효한 예법 같은 것이 존재해야 할 것이다.

사건은 이랬다. 녀석은 쓱, 발톱을 치즈 속에 박았다! 치즈는 빛이 나기 시작했다. 전구처럼 밝지는 않았고, 오히려 생일 케이크 위의 여러 색깔 밀랍 실을 꼬아서 만든, 몇 분이면 다 타 버리는 작은 촛불 같은 밝기였다. 그 빛은 따뜻하지도 않았고 딱히 노란색도 아니었다. 치즈는 곰팡이가 슨 듯한 그런 녹색으로 빛났는데, 유통기한이 지난 건 아니었다. 그런 일은 내게 일어나지 않는다. 녹색, 녹색은 우주적인, 즉 우주 전체에 유효한, 치즈 불빛 색일 거라고 생각하며 자신을 진정시켰다. 그 이상의 색은 유감스럽지만 부여되지 않았다.

녀석은 냉장고 앞에 가서 섬으로써 냉장고에 대한 나의 시선을 완벽하게 차단했고, 다시 거기서 물러났을 때—전부 5초밖에 걸리지 않았다. 맹세하거니와 더 긴 시간은 아니었다.—냉장고 안은 비어 있었다. 이러한 약탈(부디 너그럽게 보아 주시라. 하지만 다른 단어를 쓴다고 더 아름답거나 더 용인될 만한 일로 들리지 않는 사건도 존재한다.)의 과정에는 적어도 그에 수반되는 쩝쩝 또는 그런 비슷한 소리를 들을 수 있고, 경우에 따라서는 미세한 트림도 있을 것이다. 그렇지만 그것과는 거리가 멀었다! 녀석은 완전히 공공연하게 먹을 수 있는 모든 것을 어떤 식으로인지 그냥 흡수, 흡입, 제거해 버렸다. 또는 그 밖의 무언가 낯선 단어로 표현할 만한 일을 행했다. 삐리릿이라든가 짹, 아무튼 새소리 같은 것조차 단 한 번도 내지 않고 말이다. 조금이나마 위안이 되었던 것은 치즈가—예상과 달리, 어쨌거나, 고약한 작은 의심의 씨앗이 뿌려지긴 했지만—유통기한에 관한 한 전혀 이상이 없는 것임을 안 것이었다. 물론, 녀석은 상한 것을 먹어도 무탈할 수 있을 거라는 생각이 뇌리를 스치기는 했지만 말이다. 치즈가 안에서부터 빛나는 장면이 매혹적이었다 해도, 모든 것을 고려해 본 결과, 어찌 되었건, 내일은 어딘가 밖에서 아침 식사를 해야 한다는 것을 깨닫게 된 데 대한 노여움이 더 압도적이었다.

난 화가 나서 녀석을 복도로 밀어냈다. 공식적인 지시대로 녀석이 쓸 방을 준비해 두었다. 비록, 인정하건대 진심으로 한 일은 아니었지만 말이다. 탁자와 장, 새로 들여 놓은 침대, 그 정도. 옆집[왼쪽]은 내가 알기로 손님을 위해 비교가 안 될 만큼 많은 공을 들였고, 자기 아들의 방과 비슷하게 꺾인 지붕, 즉 망사르드 지붕 다락방에 손님방을 꾸며 놓았다. 아들 방에 놓인 수족관, 즉 1000리터짜리 수조, 그것만 없었다. 대신 넉넉한 몇 미터짜리 서가가 있었다. 손님이 책을 읽을지, 책이라든가 독서 같은 개념을 아는지는 아무도 몰랐지만 말이다. 아무튼 우리는 몰랐다. 어쩌면 그들은 그들 언어를 지저귀는 것 외에도 텔레파시 같은 방법으로 의사소통을 할지도 몰랐고, 그러면서 혹시 하나뿐인 거대한, 우주적인 지식의 웅덩이에서 모든 지식을 길어 낼지도 몰랐다. 누가 알겠는가? 우리는 아무것도 몰랐다. 우리는 공식적인 측면에서 그런 질문을 하라는 격려는 거의 받지 못했다.

사실은 전혀 받지 못했다.

아무튼. 옆집[왼쪽] 손님이 내 손님과 비슷하게 처신한다면 우리는 공식적인 자리에 있는 사람들조차 아무 준비 없이 맞닥뜨렸을 문제들에 직면했다. 요컨대 내 손님은 자신에게 주려고 생각한 공간을 망가뜨려 버렸던 것이다. 나는 처음에는 친절하게, 다음에는 격한 몸짓으로, 녀석에게 그 공간을 알려 주려고 했었다. (솔직히 말해도 부끄럽지 않다. 난 녀석을 떨쳐 버리려고 했다. 녀석이 빨리 자기 방으로 사라질수록 더 좋았다.) 녀석이 무슨 짓을 하든 다 싸잡아 무시하면서 말이다. 그런데 녀석은 부엌을 떠나자마자, (치즈를 비롯해 녀석이 흡수한 식료품이 녀석의 몸 안에서 계속 희미하게 빛나며 타오를 것인지, 그런다면 무슨 색을 띨 것인지 자문하던 것을 아직도 기억한다. 녀석 몸속 깊은 곳이 무지개로 가득 채워질지도 몰랐다. 누가 알겠는가?) 그러니까 녀석은 부엌을 나서자마자, 벌써 거실로 움직였다.

거실에서의 손님놀이는 짧았다. 결국 녀석의 발톱이 너무 길고 또 날카롭다는 것이 입증되었기 때문이다. 나로서는 가능한 한 손님을 환대하는 몸짓으로 검은색 가죽 안락의자에 앉으라고 권했는데, 녀석이 발톱으로 팔걸이의 검은 가죽을 북 긋는 바람에 가죽이 찍! 하고 터지고 말았다. 내용물이 솟아올랐다. 목화, 말털, 사이잘삼, 구겨진 천들이 뒤섞여 있었다. 내가 쑤셔 넣은 것이 아니라, 세상이 가구의 쿠션을 만들 때 쑤셔 넣는 것들이었다.

마침내 화가 났다.

더욱이 녀석은 결국 거기에 앉지 않고, 부엌으로 향했던 것과 동일하게 어떤 목적을 가지고 침실—내 침실!—쪽으로 방향을 잡았다. 계단 쪽으로 서둘러 가는 것으로 알 수 있었다. 하지만 손님방은 1층에 있었다. 어떻게 말해야 할까, 해도 해도 너무했다. 보니까 손님방에서 밤을 지새야 할 사람은 바로 나 자신 같았다. 그렇다면…….

녀석의 이른 취침은, 긴 여행 뒤라 피곤한 탓이겠지만, 어쨌든 작은 걱정거리 하나에서 해방되는 장점이 있었다. 우리 여러 이웃 사이에 떠돌던 궁금증이 있었다. 즉 그들에게, 가령 식사 후에, 기분 풀이 같은 것을 제공하려면, 아니면 적어도 담소 같은 것을 좀 나누려면 우리는 어떻게 해야 하나? 하는 궁금증이었다. 서로에 대해 아는 것은 조금뿐이었다. 아니, 거의 없었다. 전혀 없다고 말하지 않으려면 말이다. 아무튼 필요 없는 궁금증이었다. 어떤 면에서는 잘된 일 같았다. 나는 말주

변이 좋은 사람이 아니기 때문이다. 나는 혼자 있기를 좋아하며, 그만그만한 세상살이의 자질구레한 이야기로 나를 따분하게 하는 사람은 내 주위에 필요하지 않다. 이런 점에서 내 손님은 내가 아는 인간들과 구별되었고, 또 접근하려는 시도 같은 것도 전혀 하지 않아 거의 호감이 갔다.

녀석이, 위로 올라가다가, 계단참에 걸린 그림들을 향해 뭐라 뭐라 쉭쉭대기 전까지는 그랬다. 나는 그 그림들을 좋아한다. 그것은 우리 도시의 세 교회를 보여 주는 오래된 동판화였다. 150년 가까이 된 것으로, 디테일에 대한 명백한 애정을 말해 주는, 나무랄 데 없는 작품이었고, 그 가운데 하나는 손으로 채색한 것이었다. 그렇지만 내가 가장 좋아하는 것은 두 흑백 그림들 가운데 하나였다. 전경에 강을 보여 주고 있기 때문이다. 강에는 모든 물결이 사실적으로 포착되어 있어, 나는 종종 그 그림 앞에 서서 문득문득 그 물결 속으로 들어가 그 넘실대는 서늘한 물에 몸을 맡기는 상상을 하고 있음을 깨닫곤 했다. 강물에 몸을 맡기고 어디론가…….

녀석이 쉭쉭거렸다.

그다음에는 으르렁거렸다. 세 그림 모두를 향해 으르렁거리며 갈고리 발톱 하나를 들어 올렸다. 우리는 엄명을 받았었다. 그들의 낯선 신진대사가 아주 세세한 부분까지 어떻게 작동하는지 밝혀질 때까지는 어떤 경우에도 절대 신체적 접촉을 하지 말라고. 침에 어떤 독이 들어 있는지, 피부가 치명적인 박테리아의 놀이터인지, 호흡이 이제까지 알려지지 않은 새로운 종류의 바이러스를 위한 운송로인지, 누가 알겠는가? 바로 그 물음이 숙박 프로그램 반대자들이 거듭 강조했던 점 가운데 하나였다. 최악의 경우 우리는 누구도 이 대규모 이주에서 살아남을 수 없을 것이다. 새 이주민들에게 무슨 나쁜 의도가 있어서가 아니라, 오로지 자연이 그들에게 준 장치로 인해 우리 모두에게 최후의 일격을 가할 것이기 때문이다.

어쨌건 난 아직 살아 있다.

나는 손으로 녀석의 갈고리 발톱을 내려치며 과감하게 주먹을 날렸다. 녀석은 울부짖었다. 다음 순간 팔을 높이 쳐들더니 그림 세 개를 벽에서 훑어 내렸다. 유리에서 쨍그랑 소리가 났고 액자의 나무 테두리가 부서졌다. 내 안의 뭔가가 풍화되어 검게 변했다. 나는 내가 아끼는 것들이 욕된 일을 당하면 참기가 매우 어렵다.

나는 녀석에게 빽 소리를 질렀고, 녀석도 내게 소리를 되돌려 주었다. 몇 초 만에 우리 사이의 공기가 붉게 채색되었다. 나는 고함을 지르며 녀석에게 문으로 나가라고 명령했다. 녀석에게 대항하기 위해 고개를 지독하게 늘여 빼야 했는데, 녀석의 숨결이 나를 스치며 어떤 달콤한 향기가 갑작스레 공간을 가득 채웠다. 라일락 꽃 향기를 비롯해 내가 알지 못하는 여러 꽃들의 향기였다. 그 냄새는 틀림없이 녀석이 자신이 살던 곳에서 지니고 왔을 것이다. 우아한 동시에 무겁고, 유혹적이면서 마음을 진정시키는 냄새였다. 그렇기는 해도 녀석이 고개를 숙일 때에야 겨우 나도 고개를 숙였다. 화난 눈으로 노려보려는 시도는 부질없었다. 오로지 우주의 검은색뿐인데 대체 어디를 응시해야 한단 말인가.

좋은 냄새였다. 인정한다.

나는 떨리는 손가락으로 층계 위를 가리켰다.

녀석이 움직이기 시작했고, 유리 조각이 녀석의 무거운 발 밑에 눌려 으깨졌다. 완전히 긁히고 찢긴 쪽매널 마루를 나무흙손으로 수리하는 내 자신이 마음속에 그려졌다.

숨을 깊이 쉬었다.

침실로 간 나는 말없이 포기했다. 나는 호기심과 울화 사이에서 여기저기 찢긴 구경꾼에 불과했다. 그러면서 난 녀석이 어떻게 방향을 찾는지 지켜보았다. 처음에는 매미가 우는 소리 비슷한, 작은 소리를 내다가, 이어서 친절한 의도가 있는 모기, 그런 것이 있을까 모르지만, 그런 모기가 내는 듯한 그다지 저돌적이지 않은 윙윙 소리가 뒤따랐다. 나는 홀린 기분으로, 녀석이 소리들을 반짝이는 은빛 실로 만든다든가 아무튼 그 비슷한 재주를 다시 한번 부리기를 기다렸지만, 아무 일도 없었다. 전혀 없었다. 녀석은 윙윙 소리를 그치지 않고 간단하게 벽을 타고 기어올랐고, 천장 바로 아래 바짝 붙어 있는 옷장 옆 구석에 턱을 걸고는 몸을 꼭 밀착시켰다. 녀석이 거기서 몸을 어떻게 지탱했는지는 하늘만이 알 것이다. 녀석은 털북숭이 꼬리를 몸에 감고 금세 잠이 들었다. 아직도 나는 그때 내가 했던 생각이 귀에 들린다. 저것 좀 봐, 아니 더 낫게 표현해서, 저 소리 좀 들어 봐, 심지어 자는 동안에도 윙윙거리네. 얼마나 귀여워!

은실 가닥이라든가 그 비슷한 장관은 없었기에 물론 내 감격은 오래 가지 않았다. 나는 살그머니 층계참을 지나 아래층으로 내려왔고, 마음속에서 벌써 화가 다시 높이 출렁거리는 가운데, 부서진 액자와 깨진 유리를 뛰어넘었다. 치우는 것은 거부하리라. 내일 일찍 또는 언제든 녀석이 잠이 깨면 파렴치한 행동이 낳은 결과와 대면해 봐야 해! 당연히 그림들은 집어서 책장 속에 안전하게 넣어두었다. 그때 알아차렸는데 손으로 색칠한 그림에 접힌 자국이 하나 있었다. 녀석이 부주의하게 그 위를 세게 디디며 걸었던 것이다. 더 자세히 보니까, 녀석의 발은 디딘 자리의 모든 색깔을 그냥 가져가 버렸다. 흡수하고, 벗겨 버렸다. 내가 아는 것은, 그 그림이 단지 부분만 채색되어 있었고, 그리하여 가치가 없어졌다는 것이었다. 유례없이 비통한 심정이었다!

감정이 격해 있을 때는 포트와인 한 잔으로 자신을 진정시키기를 좋아한다. 보통 가죽 안락의자에 앉아 들이키지만, 의자는 찢겨 있었다. 바닥에까지 늘어진 쿠션 속들을 보니 마음을 진정시키는 건 결코 생각할 수 없는 일이었다. 따라서 나는 포트와인 병을 팔에 끼고 양쪽 이웃을 차례차례 찾아갔다.

옆집[왼쪽] 남자는 베란다 층계에 앉아 있었다. 마찬가지로 술병으로 무장하고 있었다. 기억하기로 그는 적포도주를 좋아했다. 이탈리아에서 수입한 비싼 포도주였다. 네, 그가 인정했다. 내 손님 역시 이미 도착했고, 마찬가지로 벌써 자고 있습니다. 아뇨, 천장 밑에서 자고 있지는 않습니다. 내 눈으로 보았든 아니든, 어떻게 그런 자가 있을 수 있을까요? 아니, 내 손님은 아들의 수족관을 비워 버리고, 그 안에다 자기 집을 차렸답니다. 보아하니 물고기를 좋아하는 것 같고, 마찬가지로 내 아들을 좋아할 것 같습니다. 그런지 아닌지 아직 확인해 볼 수는 없었습니다. 아무튼 불러도 아이는 대답하지 않더군요. 분명 둘은 함께 놀게 될 겁니다. 그는 내게 윙크를 보냈다.

우리는 잠시 더 우리 손님들의 외모에 대해 의견을 교환했다. 그는 자기 손님의 외모를 거의 각진 것으로 묘사했다. 그러니까 좀 둥글둥글한 내 손님과는 전혀 닮지 않았다. 그런 다음 나는 그가 미심쩍은 마음으로 와인을 마시게 두고 자리를 떴다.

옆집[오른쪽] 남자는 손님을 머무르게 하는 데에 반대했었다. 그들의 생김새가 다양하다니 말도 안 된다고 했다. 그들은 모두 작은 땅돼지와 비슷하다는 것이었다. 진짜 땅돼지를 박물관에서만 본 적이 있는데, 박제가 되어 있고, 귀엽고 작더군요. 안 그렇습니까?

나는 고개를 끄덕였다. 느닷없이 나는 어디 딴 곳으로 가고 싶었다.

내일 아침 식사를 하러 오셔도 좋습니다. 그가 말했다.

내 손님도 배가 고플 겁니다. 나는 조심스레 토로했다. 옆집[오른쪽] 남자는 말없이 어둠 속을 응시했다. 두 사람 먹을 것만 있습니다. 마침내 그가 말했다. 어쨌든 모레하고 글피에도 우리가 먹을 게 있다면요.

나는 내 손님의 엄청난 식욕을 생각했다. 그런 것은 아무도 계산하지 않았던 문제였다. 적어도 세 번의 공식적인 준비 과정 어디에서도 그들이 그 모든 것을 즐거이 먹어 치운다는 건 언급되지 않았었다. 조금만 생각해 보면 알 수 있는 일인데 말이다. 그들은 어렸다. 우리 지구인의 나이로 측정해 볼 때, 모두 아이들이었다. 더구나 성장 중에 있는 아이들이었다. 그런 사실을 낮게 평가하면 안 된다. 성장 중의 아이는 정말이지 꽤 많은 것을 먹어 치운다.

나는 옆집[오른쪽] 남자에게 말을 걸었다. 저, 혹시 댁에 빈 침대가 하나 있습니까? 나는 내 집에서 뭐랄까 추방된 느낌입니다. 그리고 내일 아침, 아침 식사까지는 못 할 것 같습니다.

그는 대답하지 않고, 계속 어둠 속을 응시했다. 마치 거기서 뭔가 나타나기를, 아마도 뭔가 훨씬 더 검은 것이 보이기를 기대하는 것 같았다. 그는 말없이 응시했고, 나는 참을성 있게 기다렸다. 멀리서, 어둠 뒤에서, 낯선 종류의 소음이 밀려왔다. 처음에는 구분하지 못했지만, 나중에는 무슨 소리인지 알아차렸다. 그때 우리는 솟아오르는 우주선들의 창백한 붉은 빛 속에서 지평선이 발갛게 물드는 것도 보았다. 우주선들은 기나긴, 참으로 무한히 먼 길을 뒤로하고 이웃 태양계로 돌아가고 있었다. 그곳에서 20억 년 뒤에 고향에 있는 또 하나의 태양이 폭발하기 전에 더 많은 아이들을 이곳으로 안전하게 데려오기 위해.

나,

운이
좋지 않아?

회색 씨와 파랑 부인

미리암 프레슬러
Mirjam Pressler

매일 아침 회색 씨는 문을 열고 하늘을 쳐다본다. 그는 태양을 사랑한다. 구름을 사랑한다. 때로는 심지어 비도 사랑한다. 특히 여름의 따뜻한 비를.

1월, 회색 씨는 눈 뭉치를 한 무더기 만들어 던지기 시작한다. 그는 파랑 부인의 빗물받이 통을 겨냥한다. 명중하면 소리가 들리기 때문이다. 또 파랑 부인이 차를 타고 시내에 간 것을 보았기 때문이다. 빗물받이 통을 맞힐 때마다 둔탁한 소리가 난다. 퉁 퉁 퉁. 그 소리는 통이 가득 차 있다는 걸 말해 준다. 그렇지 않을 때는 툭, 툭, 툭 같은 소리가 들린다. 놀라운 일은 아니다. 대체 누가 겨울에 꽃에게 줄 빗물이 필요하겠는가? 세 번째로 명중시킨 다음 실수로 눈 뭉치가 아닌 돌멩이를 집어 든다. 즉시 소리가 들린다. 쨍그랑 덜거덕. 이크, 회색 씨는 생각한다. 좋은 소리는 아니군. 파랑 부인의 새 부엌 창유리는 딱 70유로다.

2월, 회색 씨는 식탁이 있는 방에 그림을 새로 그리고 싶어진다. 원래는 꽃이 피어 있는 초원을 그리고 싶었지만, 확인해 보니까 물감들이 말라 버렸다. 커다란 튜브에 든 흰색 말고는 모두 말라 버렸다. 그래서 회색 씨는 눈 덮인 들판을 달리는 토끼를 그린다. 들판 위의 눈은 하얗다. 토끼도 하얗다. 따라서 육안으로는 눈과 토끼를 구별할 수 없다. 파랑 부인도 구별할 수 없다고 말한다. 회색 씨는 물론 토끼가 어디 있는지 부인에게 알려 줄 수 있을 테지만, 그렇게 하지 않는다. 왜냐고? 그야 모른다. 어쩌면 그가 보기에 토끼가 특별히 잘 그려지지 않았기 때문일 수도 있다.

3월, 회색 씨는 울타리에서 첫 제비꽃을 발견하고 하루 종일 할머니를 생각한다. 할머니는 요리를 잘했고 특히 케이크를 잘 만들었다. 할머니가 부엌 탁자 옆에 서서 밀가루 묻은 손으로 반죽을 하는 모습이 눈앞에 또렷이 보인다. 지금 할머니의 멋진 치즈케이크 한 조각을 먹을 수 있으면 얼마나 좋을까. 제비꽃은 할머니가 가장 좋아하는 꽃이었고, 회색 씨는 할머니 생일이나 성탄절에 늘 제비꽃 향수 한 병을 선물했다. 당시 다른 선물이 떠오르지 않았던 것이 이제 와 생각하니 기쁘다. 지금 생각하니 잘한 일이다.

4월, 회색 씨는 파랑 부인과 산책을 한다. 비가 오기 시작하자 회색 씨는 만약을 대비해 가지고 나왔던 우산을 편다. 사람 일은 절대 모르니까. 갑자기 거센 돌풍이 우산을 뒤집는다. 우산살 세 개가 부러진다. 4월은, 4월은, 제멋대로군. 회색 씨가 생각한다. 하지만 내 우산이 거슬릴 것이 뭐지? 회색 씨로서는 새 우산을 사는 것밖에 딴 도리가 없다. 옛날 우산은 검은색이었고, 새 우산은 파란색과 흰색 줄무늬가 있다. 그것이 회색 씨의 파란색 코르텐 양복 상의와 잘 어울리기 때문이다. 어쨌든 머리에 젤을 바르고 초록색 안경테를 쓴, 활기찬 우산 가게 판매원이 그렇게 말했다. 그리고 파랑 부인도 그렇다고 한다.

5월, 회색 씨는 작약꽃 아래서 길 잃은 회색과 갈색의 점박이 개구리를 발견한다. 회색 씨는 개구리에게 구스타프라는 이름을 붙인다. 개구리가 구스타프 삼촌을 연상시켰기 때문이다. 삼촌은 일요일이면 회색과 갈색 바둑판무늬 양복을 입었다. 회색 씨는 부엌에서 오래된 레브쿠헨* 통을 가져와 구스타프를 조심조심 담아서 시립 공원으로 달려간다. 그곳에서 조용한 자리를 찾다가, 연못 가장자리 바로 옆에 반쯤 말라 있는 덤불 아래, 커다란 짙은 녹색 나뭇잎 위에 구스타프를 올려놓는다. 회색 씨는 멈추어 선 채, 구스타프를 지켜본다. 구스타프는 우선 새로운 환경에 익숙해져야 한다는 듯이 한동안 움직이지 않고 앉아 있다가, 갑자기 폴짝 뛰어올라 참방 소리와 함께 조용히 물속으로

* 성탄절 쿠키의 일종으로, 꿀과 향료로 맛을 내고, 호두나 레몬 등을 넣어서 만든 과자.

사라진다. 회색 씨는 구스타프에게 다시 보자는 인사를 하지 않아 안타깝다. 친절하지 못한 게 유감스럽군.

6월, 회색 씨는 거의 날마다 시장에 가서, 좋아하는 유기농 판매대에서 신선한 딸기를 산다. 그는 딸기를 유독 좋아해서 날마다 먹는다. 설탕에 절여 먹거나, 생크림과 함께 먹기도 하고, 케이크 바닥에 깔아서 먹거나, 그냥 딸기만 먹기도 한다. 하지만 날마다 먹는다면 뭐든 언젠가 싫증이 나기 마련이다. 심지어 딸기도 그랬다. 회색 씨의 경우에는 6월 말경에 그런 일이 일어난다. 그런데도 그는 다시 한번 시장에 가서 딸기 2킬로그램을 사서 맛있는 잼을 만든다. 그 가운데 한 병을 파랑 부인에게 선물한다. 부인은 몹시 기뻐하며 갓 구운 치즈케이크를 먹으러 오라고 초대한다. 회색 씨는 다시 할머니가 생각난다.

7월, 회색 씨는 구스타프를 보러 시립 공원으로 간다. 회색 씨는 작은 회색과 갈색 점박이 개구리가 그사이에 큰 회색과 갈색 점박이 개구리가 되었는지 알고 싶다. 하지만 구스타프는 어디에서도 찾을 수 없다. 그 대신 회색 씨는 커다랗고 하얀 백조 두 마리를 본다. 백조들은 작은 회갈색 백조 하나를 데리고 연못 위를 헤엄치고 있다. 의연하고 당당하게, 마치 세상의 소용돌이는 그들에게 아무것도 아니라는 듯이. 참 아름답구나. 회색 씨는 생각한다. 개구리들보다 더 아름다워. 비록 구스타프가 개구리로서는 매우 아름다웠더라도 말이다. 회색 씨는 백조들에게 손을 흔든다. 하지만 백조들은 눈길 하나 주지 않는다. 하물

며 답례로 날개를 흔들어 주겠는가. 싫으면 말든가. 회색 씨는 생각한다. 그리고 흐뭇한 마음으로 집으로 간다. 그래도 구스타프를 보지 못해서 조금 서운하다.

8월, 태양이 하늘에서 뜨겁게 빛난다. 회색 씨는 옷장에서 짧은 바지를 찾는다. 마침내 파자마 더미 뒤에서 반바지를 발견하고 그것을 입고 거울을 본다. 다리가 너무 하얘서 마치 할머니가 오븐에 밀어 넣기 전의 효모를 넣은 반죽같이 보인다. 파랑 부인은 멋진 갈색 다리를 갖고 있는데. 회색 씨는 생각한다. 부인이 긴 의자에 누워 일광욕을 할 때 볼 수 있다. 어쩌면 회색 씨도 일광욕을 하는 습관을 들여야 할지도 모른다.

9월, 회색 씨는 가장 아름다운 빨간 장미를 잘랐다. 향기가 너무나 기분 좋게 코를 간질여서 세 번이나 재채기를 해야 했다. 에취, 에취, 에취. 회색 씨는 원래 수레국화색 식탁보가 덮인 식탁 위에 장미를 놓아둘 생각이었다. 하지만 그때 부엌 창문에서 내다보고 있는 파랑 부인을 본다. 잠시 결심을 못 하고 서서, 장미를 보았다가 다시 파랑 부인을 보고 또다시 장미를 바라본다. 마침내 회색 씨는 결심을 하고 파랑 부인에게 건너가 장미를 내민다. 파랑 부인이 냄새를 맡으려고 꽃을 얼굴 가까이로 들어 올린다. 그리고 얼굴이 빨개진다. 거의 장미만큼 빨갛다. 에취.

10월, 회색 씨는 고층 아파트에서 잘 알지 못하는 다른 많은 사람들과 함께 사는 남자에 대한 책을 읽는다. 남자가 너무 고독하고 슬퍼서 회색 씨는 책을 읽으며 거듭거듭 손등으로 눈을 닦는다. 회색 씨는 남자가 어떤 느낌인지 즉시 이해되어 자신도 매우 슬퍼진다. 인간은 혼자 살도록 정해지지 않았어. 회색 씨는 생각한다. 그 말은 할머니가 옛날에 종종 했던 말이고, 할머니 말은 언제나 옳았다. 고독한 인간은 설령 재미있는 농담을 듣고 겉으로는 웃더라도 내면 깊은 곳에서 느끼는 슬픔을 더는 떨쳐 버리지 못한다고 그는 생각한다. 회색 씨는 개 한 마리를 데려와야 할지 곰곰 생각한다. 아주 큰 놈일 필요는 없다. 또 아주 작은 놈일 필요도 없다. 그는 생각한다. 중간 크기면 된다. 갑자기 슬픈 마음이 들지 않는다. 회색 씨는 파랑 부인에게 건너가 함께 산책하자고 제안한다.

11월, 회색 씨는 침실에 앉아 바람이 창문으로 몰고 온 빗방울을 센다. 처음에는 작은 물방울들로, 아주 천천히 창유리를 타고 흘러내린다. 그런 다음 서로 녹아 합쳐진다. 두 개, 세 개, 또 하나 더, 또 하나 더, 그렇게 커지고 굵어지며 작은 냇물이 되어 유리창을 타고 흘러내린다. 그것밖에는 할 일이 없으므로 회색 씨는 빗방울을 세려고 해 본다. 하지만 빗방울은 너무 많아 끊임없이 뒤죽박죽 헷갈려서 자꾸만 처음부터 시작해야 한다. 게다가 빗방울 세기는 상당히 지루하다. 차라리 파랑 부인에게 건너가고 싶다. 어쩌면 부인 역시 커피 한 잔을 하고 싶을지도 모른다.

12월……. 그렇다, 회색 씨는 12월에 뭘 할까? 심심해할까? 할머니나 구스타프 삼촌을 생각할까? 6월에 만든 마지막 딸기잼을 버터빵에 발라 먹을까? 아니, 그런 일은 하지 않는다. 그는 식탁이 놓인 방에서 크리스마스트리를 초와 알록달록한 공과 많은 반짝이 실로 장식한다. 혼자 할까? 아니, 혼자 하지 않는다. 파랑 부인이랑 트리를 장식한다. 슬플까? 아니, 슬프지 않다. 파랑 부인도 슬프지 않다.

나, 운이 좋지 않아?

키르스텐 보이에
Kirsten Boie

빌헬름, 열한 살, 함부르크(독일)

오늘은 좋은 날이었다. 오늘은 증조할머니의 아흔세 번째 생일이었다. 아흔 살부터는 생일을 그냥 지나치면 안 된다고 증조할머니는 말한다. 얼마나 더 생일을 맞을지 누가 알겠느냐며.

그래서 우리는 늘 정말로 많이 모인다. 모두 와야 한다. 심지어 아가테는 이틀 외출 허가를 받고 영국 기숙사에서 날아왔다. 그리고 이다와 슈티네와 야콥은 바이에른에서 온다. 이번에는 모두 스물여섯 명이 레스토랑에 모였다.

예전에 나는 증조할머니의 생일이 늘 근사하게 여겨졌다. 이 많은 우리가 자손들이었기 때문이다. 증손자들 전부(우리는 열두 명이다!)

하고 어른 아이 할 것 없이 모두 함께 어울려 놀았다. 지금은 그런 것이 그리 근사하게 여겨지지 않을 때도 있다. 다른 아이들이 어딘가 모두 대단해졌기 때문이다.

그들이 원한 것이라면 뭐 그래도 좋다. 다만, 나는 엄마가 집에 와서 일주일 내내 나를 나무라는 것은 좋아하지 않는다. 야콥은 청소년부 음악 대회에서 전국 결선에 올랐다더라. 크리스트프리데가 수학 올림피아드에 나간다더라. 오스카가 김나지움 졸업 시험인 아비투어에서 A를 받았다더라. 안톤이 유치원에서 뛰어난 재능이 있는 아이로 밝혀졌다더라. 그들은 또한 다들 제대로 된 운동을 좋아해서 곧 하키 유소년 국가 대표 선수단에 들어간단다. 나처럼 선수들 집안 배경이 어떤지 잘 모르는 축구팀에서는 아무도 축구를 하지 않는단다. (닐스 삼촌의 말이다.)

어른들이 오로지 아이들 이야기밖에 하지 않을 때는 사태가 정말 나빠진다. 엄마의 얼굴은 점점 더 어두워진다. 하필이면 가장 멍청한 아이가 자신의 아이이기 때문이다. 김나지움에도 못 가고, 구 소재 학교에서도 A를 못 받는 아이 말이다. 엄마는 그런 사실이 싫고, 나도 정말 싫어진다.

하지만 올해에는 다행히 증조할머니가 끼어들었다. 엄마가 조금 고집스럽게 나의 콘트라베이스 수업에 대해 이야기했을 때였다. 내가 다니는 음악 학원에서 곧 연주회를 열 거라고. 그때 나는 "으……!"라는 소리를 냈는데, 물론 어리석은 행동이었다.

"손자, 넌 콘트라베이스 연주가 좋으냐?"

증조할머니가 물었다. (증조할머니는 모든 증손주들을 '손자' 또는 '손녀'라고 부른다. 많은 이름을 이제는 잘 기억하지 못한다.)

"아."

갑자기 모두들 내 말에 귀를 기울였다.

"전 그다지 음악에 소질이 없어요." (사실이 아니다. 나는 밴드를 하게 될 것이다.)

"그래. 그렇다면 왜 손자가 콘트라베이스를 해야 하지?"

증조할머니가 약간 엄한 눈으로 엄마를 바라보며 물었다.

"악기의 하나니까요!"

엄마가 말했다. (어쩌면 아가테와 안톤 때문일지도 모른다. 둘은 악기를 연주하지 않는다.)

"그리고 연습은 규율의 훈련이니까요. 다른 사람들도 끝까지 해내고요!"

그때 하필이면 대단히 놀라운 오스카가 끼어들었다!

"그래서 전 아비투어 시험을 본 뒤 오보에를 그만두었어요! 어쩌냐, 빌헬름. 그때까지 할 게 몇 가지 더 남아 있을 텐데, 불쌍한 녀석!"

"오스카!"

안네카트린 숙모가 외쳤다. (안네카트린 숙모는 물론 오스카의 엄마다.)

증조할머니가 웃었다. (할머니는 걸걸하게 웃는다. 아주 즐거운 듯한 웃음소리다.)

"그냥 리코더만 할 수 없나? 아니면 악기를 전혀 하지 않거나? 만약 아이한테 즐거움을 주지 않는다면 말이다, 카타리나?"

증조할머니가 물었다.

"크리스티나예요!"

엄마가 중얼거렸다. 증조할머니는 때때로 손주들 이름도 헷갈린다.

"넌 뭘 하면 즐거우냐?"

증조할머니가 물었다.

나는 "축구요!"라고 중얼거렸다. 모두 나를 빤히 바라보면, 난 언제나 참 민망하고 어색하다.

"아니, 그것 참 멋진 걸 좋아하는구나, 카타리나! 세계를 연결해 주는 스포츠 아니냐!"

증조할머니가 엄마에게 말했다.

엄마가 이번에는 "크리스티나예요."라고 중얼거리지 않았다. 나는 곰곰 생각했다. 내 사촌 여자애들이 축구를 하면 (심지어 축구를 하고 싶은 마음이 없어도) 다들 대단하게 생각하면서 남자애가 한다면 왜 별로 근사하다고 여기지 않을까.

"축구단에 들었니?"

나는 고개를 저었다. 아무도 무슨 말을 하지 않았으므로 덧붙여 "전에요."라고 중얼거렸다.

"그런데 지금은 아니라는 거지? 왜?"

증조할머니가 물었다.

물론 거기서 엄마가 끼어들었다.

"그 축구단은 좀 특이했거든요. 빌헬름은 어쩌다 그렇게 된 거예요.

반 친구 하나가…….”

“살펴보니까 모든 것이 그다지 좋지 않았어요, 할머니! 배후에서 무슨 일이 일어나는지도 모르고요! 대부분의 아이들이…… 차라리 거의 터키 축구단이었어요.”

아빠가 말했다.

“아무튼! 저휜 그저 빌헬름이 하키를 더 편안하게 느낄 거라고 생각해요. 아이 아버지도 하키를 했고, 할아버지도 하키를 했으니…….”

엄마가 아주 단호한 목소리로 말했다.

“맞아, 난 너희 아버지를 때려서 훈련에 보내야 했지!”

증조할머니가 걸걸한 목소리로 웃으며 외쳤다.

“난 요즘 늘 UEFA 컵을 본다. 분데스리가도 보고. 다른 경기는 텔레비전에 나오지 않으니까! 너희들 중 누구 하키를 보는 사람 있느냐?”

증조할머니가 모두를 의기양양하게 바라보았다.

“그건 서로 아무 상관이 없잖아요!”

아빠가 말했다.

대단히 놀라운 오스카가 웃었다.

“전 하키하고 콘트라베이스를 해야 해요.”

내가 중얼거렸다.

“정말 축구 할 시간이 없어요.”

엄마가 말하며, 삼촌과 숙모들이 모두 당장 고개를 끄덕여야 한다는 듯이 주위를 둘러보았다.

“축구는 일주일에 한 번 훈련이 있고, 또 주말에는 경기들이 있으니까요! 완전히 꼼짝도 못 하지요!"

"그러면 이따금 하키 훈련하고도 겹치겠네요, 그렇죠?"

대단히 놀라운 오스카가 물었다. 오스카는 음흉한 미소를 지었다. 나는 오스카가 무슨 뜻으로 하는 말인지 잘 알지 못했다.

"제 경우는 그랬거든요."

"바로 그거야!"

엄마가 신이 나서 외쳤다.

"간단치가 않아! 빌헬름은 어쨌든 학교 공부에 쓸 시간도 너무 적어!"

그러자 증조할머니는 엄마를 바라보았는데, 난 누가 날 그런 눈으로 바라보는 걸 좋아하지 않는다.

"쓸데없는 소리!"

증조할머니가 말했다.

"아이가 학교를 좋아하나? 아니지! 그런데도 얌전하게 학교에 다니지. 아이가 콘트라베이스를 좋아하나? 아니지! 그런데도 콘트라베이스를 하지. 언젠가는 아이 자신이 하고 싶은 뭔가를 해도 좋지 않을까!"

"브라보, 우리 증조할머니!"

오스카가 외쳤고 안네카트린 숙모는 마치 따귀를 한 대 갈기면 좋겠다는 눈으로 오스카를 빤히 바라보았다.

"증조할머니 최고예요!"

어른들은 다들 매우 마음이 편치 않은 듯이 보였다.

"오늘 난 아흔세 살이 되었다! 이제 살 날이 많이 안 남았지, 안 그러냐? 그러니 생일 기념으로 내가 진짜 기뻐할 만한 것을 말해도 되겠지?"

그때 나는 의심과 희망을 동시에 가졌다.

"저 애가 원한다면 다시 축구를 할 수 있기를 제안한다. 그래서 하키나 콘트라베이스를 그만두거나, 아니면 다 그대로 계속하거나, 나는 관여하지 않겠다! 하지만 내가 곧 주말에 경기를 보면서 응원할 수 있기를 바란다. 난 이제 오프사이드 규칙까지 이해하고 있거든!"

"학교는요?"

엄마가 볼멘소리를 했다. 누가 볼멘소리를 한다는 것은 불만이 있다는 뜻이다.

"난 드디어 진짜 축구 경기에 가고 싶다."

증조할머니가 힘차게 말했다.

"내가 개인적으로 아는 선수가 뛰는 경기 말이다. 언제나 텔레비전에서만 보는 것 말고! 어때?"

엄마와 아빠가 뭐라고 하겠는가?

"다시 한번 브라보, 증조할머니!"

오스카가 외쳤다.

안네카트린 숙모의 눈초리는 독화살 같았다.

하지만 오스카는 이제 하이델베르크에서 산다.

나는 돌아오는 길에 엄마와 아빠에게 집요하게 캐묻는 실수를 하지 않았다. 며칠 시간이 지나도록 둔 뒤 증조할머니에게 전화를 걸어 다

다음 토요일에 에펜도르프 대항 유소년 축구 경기가 있다고, 구경하러 오시겠느냐고 물을 거다. (엄마 아빠의 승낙을 너무 오래 기다리면 안 된다. 그러면 증조할머니는 축구 일을 다시 잊어버릴지도 모른다.) 할머니가 오시겠다고 하면, 엄마와 아빠로서는 빠져나갈 길이 더 없다. 나는 아주 흐뭇하다. 좋은 날이었다.

난 제법 운이 좋은 것 같다.

아이젤, 열한 살, 함부르크(독일)

아, 너무 좋다. 너무 좋다! 내 방이 생겼다!

디뎀과 두이구는 새집에서도 한 방을 써야 한다. 하지만 지금 난 오직 나 혼자만 쓰는 방이 있다. 조용히 학교 공부를 할 수 있도록 말이다. 심지어 나만의 책상까지 생겼다!

새집은 학교와 더 가까워졌다. 매일 아침 나는 버스를 두 번이나 갈아타고 100년처럼 긴 시간을 가야 했다. 이제는 그러지 않아도 된다. 바이올린 레슨을 받는 곳도 이제 더 가까워졌다. 레슨은 오후에 있는데, 전에 살던 구에는 바이올린 선생님이 없어서 언제나 번거로웠다. 아네*는 날카롭게 찌걱거리기만 하는데 왜 꼭 바이올린을 배워야 하느냐고 물었다. 하지만 우리 반 대부분의 아이들은 악기를 연주한다. 우리는 성탄절

* 터키어로 엄마, 어머니.

축제 때 악기를 연주하고 학급 오케스트라를 만든다. 이제 내 바이올린 선생님은 걸어서 5분 거리에 산다.

이곳은 좋은 주택가라고 바바*는 말한다. 내가 우리 반 여자아이들이 사는 곳에 살아야 한단다. 나쁜 주소를 가지고 있으면 여러 가지로 불쾌한 일을 겪을 수 있다. (나는 우리가 전에 살던 곳도 나쁘지 않다고 생각한다. 하지만 물론 바바가 나보다 더 잘 안다.)

바바는 내가 꼭 이 김나지움에 다니기를 바랐다. 바바와 내 선생님은 그랬다. 옛날 집에서는 언제나 오래 차를 타고 다녀야 했어도 말이다. 바바는 좋은 학교에서 공부하는 것이 얼마나 중요한지 본인을 보면 알 수 있다고 말한다. 버스 운전기사가 꼭 나쁜 직업은 아닌데. 바바의 부모님은 언제나 아들을 자랑스러워하는데 말이다. (바바아네**는 여전히 독일어를 제대로 할 줄 모른다!). 하지만 바바는 말한다. 자신의 딸처럼 영리한 사람은 의사든 변호사든 교사든 훗날 되고 싶은 것은 뭐든 될 수 있다고. (나는 의사가 될 생각이다.) 바바아네는 말한다. 오, 오, 오, 아나톨리아에서 이곳에 왔을 때 자신의 손녀가 독일에서 의사가 될 것은 한 번도 생각한 적이 없다고.

이제 모스크***까지는 멀어졌다. 물론 우리가 옛날에 살던 구에는 모스크가 여럿 있지만, 지금 사는 구에는 단 한 개도 없다. 대신 교회가

* 터키어로 아빠, 아버지.

** 터키어로 친할머니.

*** 이슬람교 사원.

두 개나 있는데, 조금 불필요한 것 같다. 일요일마다 몇몇 노인들만 느릿느릿 발을 끌며 들어가는 것을 보았기 때문이다. 그러니 교회는 낭비다. 우리 모스크에는 금요일 예배 시간에 언제나 아주 많은 사람이 갔다. 내 생각에는 교회를 나눠 써도 좋을 것 같다. 기독교인들은 일요일에 가고 금요일에는 무슬림들이 가는 거다. 교회를 조금만 개축하면 된다. 괜찮은 생각 아닌가? 난 다시 한번 곰곰 생각해 보고는 바바에게 묻는다. 하지만 안 되는 이유들이 또 꼭 있다.

상관없다. 우린 이제 조금 멀어진 모스크에 차를 타고 다닌다.

게다가 어제 학교 음악 시간에 학급 오케스트라와 함께 크리스마스 콘서트를 위한 노래를 연습하기 시작했다. 아네와 바바, 디뎀과 두이구, 그리고 바바아네도 들으러 온다. 우리는 여섯 개의 바이올린이다.

아, 너무 기쁘다! 너무 기쁘다! 나만의 방과 책상이 있고, 바이올린도 이제는 날카롭게 찌걱대지 않는다. 그리고 내일 힐데가르트랑 만들기를 하기로 약속했다. (크리스마스 장식등 만들기다.)

나, 운이 좋은 듯?

아이샤, 열한살, 현재 함부르크(독일)

- 환영반(준비반)에서 쓴 작문으로, 교사가 글을 고쳐 줌.

내 이름은 아이샤다. 난 열한 살이다. 난 아버지와 어머니가 있다. 남동생도 있다. 남동생 이름은 아드난이고 네 살이다. 나는 시리아에서 왔다.

시리아에는 전쟁이 있다. 우리는 터키로 갔다. 그런 다음 오랫동안 자동차로 달렸다. 어떤 남자가 그렇게 해 주었다. 남자는 많은 돈을 받아 갔다. 그런 다음 우리는 걸었다. 여러 개의 국경이 있었다. 우리는 국경을 넘어야 했다. 국경에는 군인들이 있었다. 군인들은 무기를 갖고 있었다. 나는 울었다. 시리아에서도 군인들이 무기를 갖고 있었다.

나는 늘 피곤했다. 매우 춥기도 했다. 우리는 밖에서 자야 했다. 아드난은 폐렴에 걸렸다. 폐렴은 위험하다.

그런 다음 우리는 독일에 왔다. 엄마는 독일에 와서 울었다. 슬퍼서는 아니었다. 행복했다. 독일은 좋은 나라다. 사람들은 친절하다. 어떤 부인이 내게 곰 인형을 선물로 주었다. 아드난은 다시 건강해졌다.

나는 함부르크에서 산다. 지금은 컨테이너에서 살고 있다. 컨테이너는 비좁다. 컨테이너에는 나만의 침대가 있다. 우리는 집을 갖고 싶다. 어쩌면 얻을지도 모르겠다. 우리 아빠는 일을 하고 싶다. 독일어를 배워야 한다. 우리 아빠는 독일어를 배운다.

독일에 오니 좋다. 폭탄이 없다. 군인이 없다. 나는 학교에 다닌다. 좋다. 난 운이 좋다.

시펠렐레, 열한 살, 에지본데니(스와질란드)

우리는 군드와네의 장례식이 끝나고 어두워지기 전에 집에 왔다. 은톰비는 길에서도 울었다. 은톰비의 배는 둥근 아치 모양이다. 곧 아이가 나올 거다. 그건 나쁘다. 두 배로 나쁘다. 이제 은톰비는 매트 위에 누워 있다. 잠이 든 것 같다.

누가 이 아이를 돌볼까? 그 생각은 하지 않으련다. 난 어리고 은톰비는 살아 있으니까. 은톰비는 군드와네의 병에 전염되지 않았을 거다. 주님은 자비로우니까. 나는 조상님들께 기도한다. 요즘 우리 시대에는 모든 것이 거꾸로라고 해도, 올바른 일도 있을 수 있다. 비록 아버지가 없어졌어도 엄마는 아이를 위해 남아 있을 수 있다. 책임은 끔찍한 질병에 있었다. 그 질병은 지금 여러 사람의 생명을 앗아가고 있다. 하지만 은톰비는 아니다! 은톰비는 전염되지 않았을 거다.

모든 것이 거꾸로다. 먼저 결혼식을 하고, 손주를 보고, 장례식이 있어야 한다. 그런데 지금 신랑은 부모의 오두막 앞 좁은 무덤 속에 누워 있다. 결혼식은 이제 없을 거다. 은톰비의 아이는 아빠가 없을 거다. 하지만 아직은 엄마가 있다.

장례식 때문에 배가 더부룩하다. 난 장례식을 너무나 좋아한다! 언제나 먹을 것이 많아서 다음 며칠은 배고픔을 느끼지 않을 정도다. 군드와네의 부모는 식탁에 차린 음식 값을 오랫동안 나눠서 갚아야 할 거다. 하지만 빈약한 장례식을 치르지 않아 불명예 속으로 추락하지는 않았다. 모든 게 제대로 되었다.

군드와네의 어머니는 몸을 바닥에 던지며 울었다. 그 옆에서 은톰비도 몸을 바닥에 던졌다. 은톰비는 아무 도움도 받지 못할 거다. 배 속의 아이는 이제 군드와네의 아이가 아니라 은톰비 혼자의 아이가 될 거다. 결혼식 전에 장례를 치렀기 때문에 은톰비도 풍습대로 군드와네의 부모 집으로 이사하지 않을 거다. 은톰비는 여기 우리 오두막에서 계속 머무를 거다.

나는 몰래 생각한다. 나는 운이 좋지 아니한가? 나는 생각을 말로 표현하지는 않았지만, 군드와네가 죽었다는 말을 들었을 때 너무 기뻤다. 은톰비는 내 곁에 머무르게 될 테니까.

군드와네가 나날이 여위며 기침 때문에 거의 갈기갈기 찢길 때 나는 주님이 나를 용서하기를 바랐다. 모두들 그 모습이 무엇을 의미하는지 알았다. 비록 기적이 일어날 수 있을 것처럼 로볼라, 즉 군드와네의 부모가 은톰비의 가족에게 지불해야 할 신붓값에 대해 협의를 했지만 말이다. 하지만 은톰비의 가족이라니, 누가 있는가? 우리 부모님이 세상을 떠난 후로, 은톰비와 나밖에는 없다. 은톰비가 송아지 한 마리만으로 만족한다고 했는데도 군드와네의 부모는 인색했다. 그런 값은 아무튼 치욕이었을 것이다. 그리고 언제부터 신부가 직접 신붓값에 대해 협의한단 말인가? 군드와네의 부모는 신붓값을 지불하지 않으려 했다. 단 한 마리의 송아지도 말이다. 신부의 부모도 없고 조부모나 숙부, 숙모도 없으면 신붓값도 없다. 그게 풍습이다.

다행히 장례에서 군드와네의 부모는 인색하지 않았다. 내 배는 여전히 더부룩하다.

은톰비는 내 옆 매트 위에 누워 있다. 모든 밤 그랬던 것처럼 난 은톰비의 숨소리를 듣는다. 은톰비는 내 곁에 머물 거다. 나는 혼자가 아닐 거다.

주님은 나를 용서하시길. 죽음에 대해 기뻐해서는 안 된다. 하지만 그 느낌은 가시지 않는다.

은톰비는 내 곁에 머물 거다. 그리고 오늘 난 배부르게 먹었다.

난 운이 좋지 아니한가?

파르동 봉봉

마르야레나 렘브케
Marjaleena Lembcke

호이 씨는 태국에서 태어나고 자랐다. 젊었을 때 독일로 왔다. 몇 년 동안 초콜릿 공장에서 일한 다음, 작은 사탕 가게를 열었다. 그는 자신의 가게 이름을 파르동* 봉봉**이라고 했다. 사람들은 호이 씨네 가게를 즐겨 찾았다. 그는 친절했고, 손님들을 정중하게 대했다. 어른이든 아이든, 많이 사든 적게 사든.

호이 씨는 사람은 모두 근본적으로 마음이 착하며 다른 사람들이 잘되기를 바란다고 믿었다. 어떤 사람이 저지른 악행과 잔인한 행동에 대해 한 손님이 이야기했을 때 호이 씨는 근심스레 고개를 저으며 말

* 프랑스어에서 가벼운 실수를 했을 때 하는 말로 '미안해', 또는 '용서해 줘'라는 뜻.
** 프랑스어로 사탕이라는 뜻.

했다.

"대체 그 사람은 어떤 나쁜 일을 겪었을까요? 나쁜 일을 당한 사람이 아니면 나쁜 짓을 하지 않아요."

손님이 외쳤다.

"호이 씨, 당신은 너무 사람을 잘 믿어요. 이런 사람도 있고 저런 사람도 있는 겁니다. 마음에 들든 들지 않든 그게 진실입니다!"

호이 씨는 미소를 지으며 겸손하게 대답했다.

"어쩌면 전 진실보다는 사탕을 더 잘 알지도 몰라요."

호이 씨는 자신의 상품도 만들었는데, 자신의 상점 이름을 따서 파르동 봉봉이라는 이름을 붙였다. 계산대 옆 도자기 접시에 파르동 봉봉 사탕을 놓아두고 손님들에게 늘 공짜로 주었다.

"파르동 봉봉 하나 가져가세요. 우리 집만의 상품입니다!"

아이들이 가게에 오면, 물론 종종 그랬지만, 그는 유쾌하게 웃으며 상점 사탕을 통 크게 나눠 주었다. 호이 씨는 아이들을 좋아했다.

"아이들 버릇을 잘못 들이는 거예요. 그렇게 너그러워서야 언제 부자가 되겠어요?"

한 여자 손님이 말했다.

"마음이 텅 비어 있는데 금고가 가득 차 있다고 기뻐할 수 있을까요?"

호이 씨가 대답했다.

"적어도 아이들이 머리 꼭대기에 오르지 않도록 조심하세요."

여자 손님이 좋은 뜻으로 충고했다.

"머리는 조심하고 있어요."

호이 씨는 웃으며 말했다.

호이 씨는 자신의 삶에 만족했다. 역시 만족해하는 아내가 있었고, 둘에게는 만족해하는 아들이 있었다.

이따금 아들은 학교가 끝나고 가게에 와서 아버지를 도왔다. 한번은 아이들 넷이 왔다. 남자애 셋과 여자애 하나였다. 네 아이가 가게 안으로 뛰어들었다. 여자애가 호이 씨에게 물었다.

"우리 아버지 보셨어요?"

"네 아버지? 어떻게 생긴 분인데?"

호이 씨는 조금 당황해서 물었다.

"키가 크고 어깨가 넓고, 그리고……."

소녀는 입을 다물었다.

"그래, 키가 큰 남자분이라……."

호이 씨는 곰곰 생각했다.

"오늘 아침에는 오히려 여자분들만 왔다. 물론 큰 아이 작은 아이 할 것 없이 아이들이 왔었고…… 네 아버지는 무슨 옷을 입었지?"

"호랑이 가죽 재킷 같아요……."

여자애가 말을 더듬었다. 그리고 커다란 갈색 눈으로 도움을 청하듯 친구들을 바라보며 얼굴이 빨개졌다.

"미안하지만, 호랑이 가죽 재킷을 입은 남자라면 분명히 눈에 띄었을 텐데 말이다. 봄에 가죽 재킷을 입는 사람이 많지 않으니까. 하지만 그런 사람이 오면 네가 찾는다고 기꺼이 말해 줄게. 파르동 봉봉 하나

가져가거라!"

호이 씨가 말했다.

소녀는 봉봉 하나를 집었고 세 소년도 하나씩 집어 들고 가게를 떠났다.

"저 애들은 그저 공짜로 사탕을 가져가고 싶어서 온 거예요."

호이 씨의 아들이 말했다.

호이 씨는 미소 지었다.

며칠 뒤 네 아이가 다시 왔다.

"아버지를 찾았니?"

호이 씨는 갈색 눈을 가진 소녀에게 물었다.

소녀는 고개를 끄덕이며 히죽 웃었다.

"지금은 코끼리를 찾고 있어요!"

"코끼리?"

호이 씨가 말을 되풀이했다.

"어떤 코끼리? 설탕 옷을 입힌 것? 아니면 마지팬*으로 된 것?"

"초콜릿으로 된 거요!"

"미안하구나. 초콜릿 코끼리는 없단다. 초콜릿으로 된 것은 토끼, 무당벌레, 풍뎅이, 심지어는 곰도 있지만 코끼리는 없단다. 파르동 봉봉 하나씩 가져가렴!"

아이들은 봉봉을 갖고 사라졌다.

* 갈아 으깬 아몬드를 설탕으로 버무린 과자 또는 반죽.

"아빠!"

아들이 외쳤다.

"안다, 알아."

호이 씨가 말했다.

다음 날 네 아이들이 또 왔다. 갈색 눈을 가진 소녀가 마지팬으로 만든 기린이 있느냐고 물었다.

호이 씨는 유감스럽다는 듯 고개를 저었다.

"마지팬으로 만든 기린도 유감스럽지만 없구나. 대신 봉봉을 가져가렴!"

"아빠!"

아이들이 문을 닫고 나가자 호이 씨의 아들이 외쳤다.

"여자애가 아빠랑 이야기할 때마다 남자애들이 사탕을 슬쩍하는 것을 모르세요?"

"알지."

그의 아빠가 대답했다.

다음번에 네 아이들이 가게에 나타났을 때 소녀는 사자 모양 포도주구미가 있느냐고 물었다.

"우린 곰 모양밖에 없구나."

호이 씨가 말했다.

"하지만 파르동 봉봉을 가져가렴. 많이 가져가거라. 적게 가져가는 건 너희에게 효과가 없는 것 같구나."

"무슨 효과가 있어야 하는데요?"

소녀가 좀 불안한 듯 물었다.

"이름 그대로의 효과지. 어떤 정당하지 못한 짓을 저지른 사람이 파르동 봉봉을 입에 넣으면 갑자기 용서를 구하고 싶은 마음이 들거든."

호이 씨가 대답했다.

소녀는 봉봉을 도로 접시 위에 떨어뜨리고 가게 밖으로 달려 나갔고, 그 뒤를 세 소년이 따랐다.

봄이 지났다. 여름이 짙푸른 녹음 속에서 환하게 빛났다.

가을에는 나뭇잎들이 노랗게 빛났고, 겨울에는 땅이 하얗게 되었다. 계산대 옆 도자기 접시 위의 파르동 봉봉은 색이 바뀌지 않았다. 이따금 호이 씨는 존재하지 않는 물건을 찾는 갈색 눈을 지닌 소녀가 그리웠다. 하지만 소녀는 두 번 다시 가게에 발을 들여놓지 않았다.

여러 해가 흘렀다. 호이 씨의 아들은 어른이 되었다. 호이 씨는 머리가 회색이 되었다.

어느 날 집배원이 그에게 커다란 편지를 가져왔다. 발신자의 이름이 쓰여 있었지만 호이 씨는 모르는 이름이었다.

봉투 안에 알록달록한 그림이 들어 있었다. 호랑이 가죽 재킷을 입은 남자가 코끼리를 타고 있고, 그 뒤에는 기린이 어떤 나무의 나뭇잎을 향해 고개를 뻗고 있고, 나무 밑에는 사자가 누워 있는 그림이었다.

호이 씨는 미소를 지었다.

그림 뒤에는 카드 한 장이 붙어 있었다. 그 위에는 단 한 마디만 쓰여 있었다.

파르동.

너는 나의 모든 것

바르트 무야르트
Bart Moeyaert

내 형은 열여섯 살인데 파이프 담배를 피웠다. 학교에서 나오자마자 얼굴 앞으로 머리를 쓸어내리며 파이프를 입에 물고, 구부정하게 걸었다. 형에게는 별명이 하나 있었다. 대부분의 사람들은 형을 JP로 알고 있었다.

내가 용기를 내어 형네 반 누군가에게 JP가 무슨 뜻이냐고 묻기까지는 오랜 시간이 걸렸다.

"넌 모르는구나."

소년이 내게 말했다. 그러고는 실존—그걸 나에게 어떻게 설명하겠는가—에 대한 책들을 쓴 어떤 남자라고 설명했다. 그 남자 이름은 장 폴이고 파이프를 피웠다. 그리고 형하고 똑같이 인간에 대해 곰곰 생각했다.

형 얀은 친구가 없었다. 여자 친구도 없었다. 오직 같은 반 학생들만 있었고, 그들을 그다지 중요하게 여기지 않았다. 형은 그들을 지구인이라고 불렀다.

형은 천천히 파이프를 피웠고 뭔가를 말하기 전에 오래도록 곰곰 생각했다. 이따금 금방 뭔가를 말할 것처럼 보이는 때도 있었지만, 그렇게 하지는 않았다.

집에 들어가기 전 얀은 파이프 대통에서 타고 있는 담배를 톡톡 두드려 털었다. 그리고 언제나 신발 뒤축에 파이프를 톡톡 친 다음 재킷 주머니에 넣었다. 그런 다음 머리카락을 귀 뒤로 쓸어 넘기고 우리 집으로 가는 길을 따라 걸었다.

형은 순간순간 그날 처음 보는 얼굴 표정을 지을 수 있었다. 엄마는 언젠가 아빠에게 얀이 변한 것 같다고 말했다.

"배반한 것 같다고요?"

"아뇨. 변한 것 같다고요."

아빠는 웃지 않을 수 없었다.

"하나는 위험하게 들리고, 다른 하나는 걷잡을 수 없이 들리네요."

엄마와 아빠는 종종 얀에 대해 이야기를 나누었다. 얀이 그 자리에 없을 때도 그랬다. 대개는 얀이 한 일이나 하지 않은 일에 대한 이야기였다.

엄마와 아빠는 내내 형이 담배를 피운다는 사실을 알아차리지 못했다. 그들은 그저 담배 냄새가 형 옷에 배었다고 생각했다. 형은 때때로 끽연 카페에서 시간제로 일하는데, 거기서 담배 냄새를 묻혀 온다고

생각했다. 엄마 아빠는 형이 이미 오래전부터 그곳에서 일하지 않는다는 것을 알지 못했다. 거의 반년이 넘었다. 형은 해고되었는데, 이유는 자동판매기 하나를 억지로 열다 현장에서 붙잡혔기 때문이다.

나는 자동판매기 안에 무엇이 있었는지 모른다.

"과자였어."

얀이 말했다. 하지만 그 대답은 조금 너무 빨리 나왔다.

형은 운하 옆 벤치에서 해고 덕분에 얻은 자유 시간을 아무것도 안 하며 보냈다. 지루함이나 쌀쌀한 한기가 형을 집으로 몰아갈 때까지 이따금 파이프를 입에 물거나 조약돌을 물에 던지면서 말이다. 때때로 내가 형의 상대가 되어 주기도 했다. 내가 원한다면 우리는 거의 집에 가지 않았다. 언제나 얀이 "가자. 가야 할 시간이야."라고 말하면 그제야 겨우 돌아갔다.

얀이 담배를 피운다는 사실이 발각된 것은 어느 날 저녁 내가 엄마에게 안녕히 주무시라는 인사를 하려고 복도 쪽 문을 열었을 때였다. 눈앞에는 계단이 아니라 연기의 장벽이 있었다. 연기를 본 아빠는 거의 눈이 머리에서 떨어져 나올 뻔했다. 아빠는 의자에서 벌떡 일어나더니 내 곁을 지나쳐 돌진했다. 앞문을 열어젖히고, 창문도 열어젖히고, 즉시 돌아서며 외쳤다. 불이 났어. 아빠는 숨이 막혀 심하게 기침을 해야 했다. 그는 옷걸이에 걸려 있는 옷들을 가리키며 뭔가를 말하려 하다가 외투들을 잡아채어 집 밖 길 위에 내던지고는 다른 외투를 더 가져가려고 되돌아왔다.

엄마가 부엌에서 탄산수 한 병을 가지고 나오더니 병으로 자신의 목을 가리켜 보였다.

나는 가벼운 공포에 사로잡혔다.

“나가라, 얼른.”

아빠가 숨이 막혀서 말했다.

아빠는 몸을 앞으로 숙인 채 복도를 뛰어 나를 집 밖으로 밀었고, 엄마는 뒤에서 끌려 나왔다. 우리는 구부린 팔에 코를 처박고 두 눈을 질끈 감았다. 우리는 똑바로 달려 나가기만 하면 저절로 길 위로 나갈 거라고 믿었다.

그러는 내내 불길은 보이지 않았다. 연기가 우리의 폐를 찢어 놓았다. 마치 가슴에 칼이 꽂혀 있는 느낌이었다.

“얀은 어디 있지?”

엄마가 외쳤다.

나는 엄마가 형을 데리러 뛰어들어 갈 거라고 생각했지만 엄마는 연기 때문에 물러섰다. 그러고는 고개를 옆으로 돌리고 코에는 손수건을 대고서 손가락으로 초인종을 눌렀다.

우리 초인종은 울리는 것이 아니라 노랫소리가 났다. 엄마가 초인종에서 손가락을 떼지 않았기에 노래는 무한히 반복되었다.

“너는 나의 모든 것. 너는 나의 모든 것. 너는 나의 모든 것…….”

그러는 사이 우리 셋은 외쳤다.

“얀! 얀!”

우리는 얀이 비틀비틀 계단을 내려와 기침을 하면서 집 밖으로 뛰쳐

나올 거라고 예상했다. 하지만 얀은 다음 순간 집 모퉁이에서 나타났다. 자기 방 창문으로 내려와 평평한 부엌 지붕 위로 빠져나온 것이었다. 그것도 아주 재빨리. 밤에 집 주위를 돌아 나올 때, 얀이 택하는 길이었다. 하지만 엄마와 아빠는 그것을 몰랐다.

우리 집에서 조금 떨어진 곳에서 얀은 손을 허리에 받치고 헐떡이며 숨을 들이쉬었다. 얀도 우리하고 꼭 같이 폐에 공기가 새는 자리가 있었던 거다.

그러는 사이에 가우스 씨를 비롯해 이웃들이 우리 집에 불이 난 것을 알아차렸다. 그들은 양동이와 그릇에 물을 담아 와 아빠가 길바닥에 던졌던 외투들에 부었다. 불이 꺼지면서 하얀 연기가 일었고, 연기는 사방팔방으로 흩날렸다.

가우스 씨가 운동복 바람으로 우리에게 와서 소방대가 곧 도착할 거라고 말했다. 하지만 그것은 공연한 소란이었다. 대부분의 연기는 이미 사라졌다. 우리 집 복도에는 조금 전의 회색 장막 대신에 안개가 조금 드리워져 있을 뿐이었다.

보도 위에 외투들이 흠뻑 젖은 채 겹겹이 놓여 있었다. 아빠는 얀의 검은 파카를 밟았다. 아빠의 발이 옷에 닿는 순간 괴상한 소음이 들렸다. 나는 제발 그만두라고 부탁하려고 했는데, 아빠가 갑자기 "하."라고 소리쳤다.

아빠는 형의 파카 주머니 부분에 불에 타서 구멍이 난 자리를 찬찬히 살펴보았다. 작은 종이 무더기와 당장 무엇인지 알아챌 수 없는 뭔가가 아빠 신발 끝에 톡톡 차였다. 아빠는 그것을 좀 더 가까이 당기고는 무엇인지 보려고 몸을 구부렸다.

바로 그때, 아빠와 엄마가 얀의 주머니에 들어 있는 파이프를 발견했다. 엄마의 한숨이 깊은 곳에서 나왔다. 마치 오랫동안 그곳에 박혀 있었던 것 같은 한숨 소리였다.

“여보, 헤르만, 저 아이한테 이제 질렸어요.”

엄마가 아빠에게 말했다.

가우스 씨의 새 여자 친구는 엄마의 허리를 팔로 감싸 안고는 엄마를 조금 들어 올렸다. 몇 집 건너의 자기 집으로 엄마를 이끌려는 듯 보였다.

“우린 좀 쉬어야 하지 않을까요?”

형은 한밤중에 떠나야 했다. 그 이야기가 부엌 식탁에서 조심스레 전달되었다.

아빠는 얀이 잠시 어디 다른 곳에서 사는 것이 현명하다고, 아니, 더 낫다고 말했다.

“얀하고 여기 함께 있는 건 정말이지 더는 편안하지 않다.”

나는 입을 떡 벌리고 아빠를 응시했다. 나는 한 번도 아빠가 ‘현명’이니 ‘더 낫다’느니 ‘편안하다’느니 하는 말을 그토록 분명하게 하는 것을 들어 보지 못했다. 아빠는 가운뎃손가락과 집게손가락으로 식탁 위 허공을 쓸었다. 처음에 난 그 동작을 이해하지 못했다. 마치 손으로 토끼 모양을 만들거나 장난으로 토끼 귀를 움직이는 것처럼 보였기 때문이다.

"네 엄마의 건강을 생각한다면 무엇보다도 현명한 일이다."

아빠가 말했다. 현명이라는 말을 하면서 아빠는 또다시 토끼 모양을 허공에 만들었다.

"넌 한동안 삼촌들 집에서 살게 될 거다."

얀이 고개를 들었다.

"삼촌들 집에서요?"

얀이 물었다.

"안 돼요!"

내가 말했다.

"된다."

아빠가 말했다.

얀의 입이 떡 벌어졌다. 얀의 시선이 아빠와 찬장 옆에서 두 손을 든 채 두 눈을 감고 있는 어머니 사이에서 이리저리 흔들렸다. 어머니는 고개를 끄덕이며 그것이 유일한 해결책이라고 몇 번 말했다.

"안 돼요!"

다시 한번 내가 말했다.

"된다."

아빠가 내게 끼어들지 않는 것이 더 낫다는 뜻을 담은 어조로 말했다.

"계획은 바뀌지 않을 거다. 너는 당분간 삼촌들 집에서 살게 될 거다. 닐 삼촌과 삼촌 친구도 알고 있어. 이 계획은 새로운 게 아니야. 그리고 이제 때가 되었다. 넌 삼촌들 집에서 사는 거야. 그들이 너를 돌봐

줄 거다. 너도 삼촌들의 나무 오두막 작업을 도와주면서, 일한다는 것이, 아니, 뭔가를 세운다는 것이 무엇인지 비로소 알게 될 거다."

얀은 의자를 뒤로 밀며 벌떡 일어섰다.

"아버진 자신이 현명하다고 생각하세요?"

얀이 아빠에게 말했다. 얀은 '현명'이라는 단어를 발음할 때 아빠의 토끼 손짓을 이용했다. 그런 다음 그는 천천히 손뼉을 쳤다. 마치 아빠에게 갈채를 보내는 듯. 그리고 부엌에서 나갔다.

엄마가 형의 뒤를 서둘러 따라갔다.

"아들아."

엄마가 말했다. 그리고 그런 말투를 쓰면 안 된다고 덧붙였다. 또한 숨 쉬는 공기가 바뀌면 진짜 기적이 생길 것을 확신한다고도 했다.

얀은 층계 하나의 길이만큼 앞에 서 있었다. 하지만 트렁크를 이미 싼 상황에서 층계 하나의 길이는 아무것도 아니었다.

"얀! 이리 오너라!"

엄마가 낮은 소리로 외쳤다. 앞문과 창문이 모두 열려 있었기 때문에 목소리를 낮춰야 했다.

"얀, 이리 와라!"

형은 엄마 말을 듣지 못했거나 듣지 않으려 했다.

형은 방문을 쾅 닫았다. 형에게 이웃은 아무 상관도 없었다.

아빠와 나는 서로를 응시하며 위층에서 들리는 시끄러운 소리에 귀를 기울였다.

"문 열어라!"

엄마가 외쳤다.

"문 열어!"

"저는요? 전 어디 있어요?"

아래층에서 나는 아빠에게 물었다.

"넌 우리랑 있는다."

아빠가 대답했다.

위에서 엄마가 얀의 방문을 두들겼다.

얀은 아주 종종 예기치 않은 짓을 했다. 이번에는 갑자기 문을 열었다. 나는 엄마가 균형을 잃었으리라고 추측했다. 아마도 엄마는 당황했을 것이다.

"아!"

엄마가 갑자기 부르짖었다. 그리고 무슨 소리인가를 덧붙였는데, 알아들을 수 없었다.

나는 아빠의 주의를 끌려고 손가락 관절로 탁자를 두들겼다.

"아빠. 우리랑 있는다니, 무슨 말씀이세요?"

나는 그렇게 물으며 눈살을 찌푸렸다.

아빠는 나를 따라 눈살을 찌푸리며 어깨를 으쓱 들어 올렸다.

"아주 간단하다. 넌 우리랑 있는 거야."

아빠가 말했다.

"얀이 없으면 '우리'가 아니지요."

내가 말했다.

"아, 그래?"

아빠가 주위를 둘러보았다.

"둘도 우리고 셋도 우리다."

"우린 넷이에요, 아빠."

내가 말했다. 아빠의 이해력을 의심하고 있음을 보여 주기 위해 나는 목소리를 깔며 손가락 네 개를 들어 올렸다.

"넷이라고요."

"진정해라. 얀이 없으면 아주 잘될 거다."

아빠가 말했다.

아빠는 부엌 창문을 닫기 위해 자리에서 일어났다. 아빠는 어떤 행동을 아주 단호하게 보이도록 할 수 있었다. 창문은 영원히 닫혀 있을 것이고, 얀이 없으면 아주 잘될 것이다.

집 안이 조용해졌을 때 나는 정말로 모두 잠들었는지 잠시 귀를 기울였다. 조심하기 위해 어두운 복도에 서서 귀를 쫑긋 세웠다.

얀의 방에는 아직 불이 켜져 있었다. 아주 조금 문틈이 벌어져 있었다.

나는 안을 엿보았다.

얀은 천천히 그리고 조심스레 움직였다. 나와 마찬가지로 소리를 내지 않으려고 애쓰고 있었다. 얀은 풀오버를 입어 보며, 자신이 해골을 사랑했던 시절에 입던 티셔츠를 치켜들었다.

신기하게도 얀은 어느 틈엔가 내가 엿보고 있는 기척을 알아차렸다.

"너 숨소리 한번 크다."

얀이 갑자기 문 사이로 속삭였다.

얀은 나를 방으로 들어오게 했다.

트렁크와 몇 가지 물건과 옷가지 더미 때문에 침대에는 거의 자리가 없었다. 하지만 나는 고양이처럼 몸을 구부리고 앉았다.

얀은 침묵했다. '더 이상 여기 존재하지 않음'을 연습하고 있었다.

나도 그렇게 해 보려 했으나 아주 잠깐 동안만 성공했다. 얀이 두꺼운 풀오버를 가져가는 것을 보고 뭔가를 말해야 했다.

"닐 삼촌 집은 혹시 여기보다 추워?"

내가 속삭였다.

"아니, 당연히 아니지."

얀이 말했다.

침대 위에는 사계절 옷들이 모두 놓여 있었다. 천천히 이해가 되었다. 엄마와 아빠는 형이 내가 아는 것보다 더 오래 떠나 있기를 바란 거다. 그게 아니라면 수영복 바지와 나란히 겨울 풀오버를 찾을 일이 무엇인가? 어쩌면 내가 오늘까지 전혀 듣지 못했던 그 계획이 훨씬 범위가 넓은 것일지도 몰랐다. 난 내일이 되어서야 조금 알게 될 거다.

나는 얀에게 나도 함께 가고 싶다고 속삭였다. 그건 얀을 위로하기 위한 말은 아니었다. 나는 상 같은 느낌을 주는 벌이 존재한다고 말했다. 이 경우가 그런 거라고. 삼촌들 집에서 자고 그들이 나무 오두막 만드는 것을 거든다고? 내게는 그것이 방학 같은 인상을 주었다.

얀은 이해하지 못했다.

얀이 말했다.

"거긴 텔레비전이 없어. 심지어는 라디오가 무엇인지 설명해 주어야 할지도 몰라. 휴. 게다가 넌 함께 갈 수 없어. 넌 나의 저장품들을 잘 간수해 줘야 해. 만약 날 찾아오게 되면, 그때 내 감옥에 슬쩍 담배를 갖다 줘. 아직 열 봉지쯤 남아 있거든."

우리 둘 다 어디를 말하는지 장롱 바닥을 들여다보지 않아도 잘 알고 있었다.

"편지 쓸게."

얀이 말했다. 얀은 메모장 하나와 고무 밴드가 붙은 검은색 노트를 트렁크에 넣었다.

나는 노트를 가리켰다.

"그거 형 일기장이야?"

"넌 내가 한 말을 듣지 않은 모양이구나. 내가 너에게 편지를 쓸 거라고 말했잖아."

얀은 무릎으로 내 발을 쳤다. 아팠기에 나는 얀이 한 말을 명심했다.

"약속해?"

내가 말했다.

"약속해."

형이 말했다.

"나도 일기장 있어."

내가 말했다.

얀은 그 말에 대답할 기회가 없었다. 갑자기 아빠가 문가에 나타났기 때문이다. 아빠는 늦었으니 이제 좀 자야 하지 않겠느냐고 말했다.

초인종이 거칠게 울렸다.

"넌 나의 모든 것. 넌 나의 모든 것……."

그때 나는 짜증 나게 일찍 울린다고 생각했다. 또 한 번 울렸다. 나는 침대에서 벌떡 일어났고 우선 방 안의 빛에 익숙해져야 했다. 짜증 나게 일찍은 아니었던 거다.

나는 방에서 살그머니 나와 모퉁이를 엿보았다. 아래층 복도에서 무슨 일이 벌어지는지 보고 싶었다. 이제 아침도 아니라는 사실이 명백해졌다. 햇살이 온 힘을 다해 집 안을 비추고 있었고 바깥에서는 소음이 들렸다. 낮에 들리는 소음 말이다. 공 부딪는 소리. 휘파람 소리.

문 앞에 가우스 씨가 운동복 차림으로 서 있었다.

그는 엄마에게 자기가 해 줄 수 있는 일이 있느냐고 물었다. 페인트칠을 한다든가 아니면 벽지를 붙인다든가, 그렇다면 기꺼이 반나절 시간을 내겠다고.

"괜찮아요."

엄마가 문손잡이를 잡고 말했다.

가우스 씨는 복도에서 연기 냄새가 나는지 킁킁거리더니 이제는 아무 냄새도 나지 않는다고 말했다.

"네, 마음도 가벼워졌네요."

엄마가 말했다. 하지만 그렇게 보이지는 않았다. 모든 것이, 심지어 목소리까지도 지쳐 보였다.

"알겠습니다."

가우스 씨는 그렇게 말하고 작별 인사를 했다. 그렇지만 문지방을 넘을 때 손가락 하나를 치켜들었다. 사소한 것을 잊을 뻔했던 것이다. 그는 아빠가 집에 있는지 알고 싶어 했다.

"아뇨. 없어요. 그럼 좋은 하루 되세요, 가우스 씨."

엄마가 말했다.

엄마는 현관문을 닫았다. 걸쇠가 잠기는 소리가 엄마가 의도했던 것보다 더 크게 들렸다. 쾅 닫히는 문소리에 엄마 자신이 깜짝 놀랐다.

"앗."

엄마가 말했다.

그 순간 엄마는 층계 맨 위에 앉아 있는 나를 보았다. 문득 엄마는 나에 대해서도 놀란 것처럼 보였다.

앗.

현관문이 닫히면서 복도의 모든 색깔이 덜 눈부시게 되었다. 마치 구름이 해 앞으로 밀려온 것 같았다. 바깥의 소음들이 아주 먼 곳에 있었다. 마치 우리 동네에서는 축구도 하지 않고 휘파람도 불지 않는 것 같았다.

엄마가 나를 향해 손을 뻗었다. 아주 천천히.

"이리 오렴."

엄마가 말했다. 그런 식으로 우리 둘만 집에 있음을, 아빠는 자동차 옆 좌석에 얀을 태우고 고속도로 어딘가에 있음을 알려 주었다.

"너 깊이 잠들었더구나. 형의 키스도 놓쳤어. 멋진 키스였는데."

엄마가 말했다.

[미리암 프레슬러가 네덜란드어에서 옮김]

한때 난 구두 상자에서 살았다

유타 리히터
Jutta Richter

언젠가 나는 구두 상자에서 살았다.

때는 겨울이었고 난 꽤 오그라들어 있었다. 추위 때문이었다. 추위는 모든 것을 작게 만들고 성장을 방해한다. 게다가 난 방금 내 사랑을 잃어버린 참이었다.

사람이 사랑을 잃어버리면 그렇게 된다.

우선 도자기를 전부 깨부수고, 그런 다음 바닥에 눕는다. 마침내 일어나 치우려고 하면 몸이 너무 작아져서 깨진 조각들을 전혀 운반할 수 없다.

집이 갑자기 너무 크고 텅 비었고 밖에선 추위가 쌩쌩거렸다.

나로서는 이사를 가는 것밖에 달리 도리가 없었다.

새 둥지가 마땅할 것이다. 아니면 솜털과 이끼가 부드럽게 깔린 쥐

구멍이나. 거기에 아늑하게 틀어박혀 몸이 자라기를 기다릴 수 있을 거다. 하지만 겨울에는 그런 것을 발견하지 못한다. 새 둥지는 나뭇가지들 사이로 바람이 불 것이고 쥐구멍에는 이미 주인이 있을 거다. 그러니 좋았던 시절로부터 남겨진 구두 상자밖에 없었다. 거기에는 한때 빨간색 댄싱슈즈가 들어 있었다.

사람이 몸이 아주 작은 데다가 얼어 버릴 것만 같고, 때는 겨울이면 까다롭게 굴어서는 안 된다. 아무것도 없는 것보다는 구두 상자라도 있는 게 더 낫다.

그래서 나는 상자를 꾸미기 시작했다. 쉽지는 않았다. 몸이 작아 무척 번거로웠다. 작은 사람에게는 뭐든 더 어렵다. 전에는 왼손으로 나를 수 있던 것을 지금은 온 힘을 다해야 겨우 밀 수 있었다.

그래서 나는 무거운 것은 포기하고 가벼운 성냥갑 네 개만 가져갔다. 하나는 의자로 썼고 또 하나는 탁자, 또 하나는 옷장, 네 번째 것은 펼쳐서 비단 손수건을 깔았다. 이불로 쓰기에 충분할 것이다. 겨울을 나는 데는 그다지 많은 것이 필요하지 않다.

곡식 몇 알, 빵 부스러기 몇 개, 물 몇 방울, 내 저장품들은 무진장인 것처럼 보였다. 그렇게 나는 봄을 기다렸다.

1월 14일은 특별히 매섭게 추운 날이었다. 밖에서는 폭풍이 미친 듯이 휘몰아쳤고, 나는 구두 상자가 안전한 구석에 있는 것이 기뻤다. 나는 성냥갑 속에 누워 더 나은 날을 꿈꾸었다. 그때 갑자기 아주 세게 문을 두드리는 소리가 났다.

처음에는 누가 나를 찾아온다는 것을 전혀 믿을 수 없었다. 그런 일

은 오래전부터 일어나지 않았다. 몸이 아주 작아지면 대부분의 사람은 못 보고 지나친다. 게다가 누가 침울한 사람하고 커피를 마시려고 하겠는가? 그렇지만 문 두드리는 소리는 멈추지 않았다. 어쩌면 밖에 누군가 곤경에 처한 사람이 왔을지도 모른다는 생각이 들었다. 그러다가 나처럼 작은 사람은 누가 왔든 문을 열어 줄 수 없다는 것을 깨달았다. 현관문 손잡이에도 닿지 않을 것이기 때문이다. 구두 상자에서 살고 있는 내가 아닌가.

문 두들기는 소리는 집요했고 그치지 않았다. 결국 나는 성냥갑에서 나왔다. 적어도 누가 찾아왔는지는 물어볼 수 있으니까. 그리고 왜 문을 열 수 없는지, 구실이 틀림없이 떠오를 거다.

깨진 도자기 조각들을 넘어가며, 내가 기억하는 것보다 도자기 조각들이 훨씬 작다는 사실을 발견하고 기이했다.

"누구십니까?"

나는 내 외침 소리를 들었다. 기대 때문에 심장이 아주 큰 소리로 쿵쿵 뛰었다.

"문 열어!"

밖에서 목소리가 외쳤다.

"열 수 없어!"

내가 말했다.

"할 수 있어!"

목소리가 대답했다.

"하지만 난 너무 작아!"

내가 대꾸했다.

그러는 사이에 나는 현관문에 도착했다.

거기서 나는 내 눈을 믿지 못했다. 손잡이가 너무 높지 않았다. 아주 쉽게 당을 수 있었다. 난 거울에 눈길을 던졌다. 내가 언제나처럼 거기 있었다. 나는 보통 때보다 작지 않았다. 전혀!

"어디 가 있었어?"

문밖에서 목소리가 물었다.

"몇 주 동안 아무 소식도 못 들었잖아! 걱정을 얼마나 했는지 알아! 이 찬 바람 속에 사람이 서 있는데 문을 안 열어 주다니!"

"금방 열게!"

나는 그렇게 외치고 문을 열어젖혔다. 그 목소리를 난 그토록 오랫동안 그리워했던 거다.

"울지 마."

내 사랑이 말하며 나를 팔로 얼싸안았다.

우리는 깨진 도자기 조각들을 함께 치웠고, 구두 상자는 지금 유리 진열장 안에서 상석을 차지하고 있다. 그리고 우리가 싸우려고 할 때면 나는 구두 상자를 꺼내 부엌 탁자 위에 놓는다. 그러면 우리는 웃을 수밖에 없다.

백 살

수잔 크렐러
Susan Kreller

증조할아버지가 아흔 살이 되던 날 증조할아버지 방은 독한 술과 하객들, 그리고 구청장의 축하 카드 한 장으로 꽉꽉 채워져 있었다. 말랑말랑한 딸기케이크는 마치 자신의 아흔 번째 생일을 축하하는 듯 맛이 좋았다. 모든 손님들이 케이크를 먹느라 바빠서 미처 떠나지 못하고 있을 때 증조할아버지가 엄숙하게 통고했다. 올해 나는 백 살이 될 거다!

아빠는 눈을 부릅뜨는 걸 너무 눈에 띄지 않게 하려다 그만 모두들 곧 알아차리게 하고 말았지만 엄마는 전혀 눈을 부릅뜨거나 하지 않았다. 엄마는 조심하는 마음에서 같이 오지 않았기 때문이다. 우리는 엄마에게 이해하겠다고 약속했다. 엄마는 노인 요양원에 올 때마다 편두통이 생기기 때문이다. 대신 할머니 할아버지가 오셨는데, 두 분은 증조할아버지의 통고를 들은 뒤 하나같이 고개를 저었다.

간호사 아그네스 K가 1.5배 밝고 끝마무리가 거친 웃음을 웃었다. 요양원 주거동 직원들과 관리 직원들도 따라 웃었다. 오직 나, 그레타만 이 일에 뭔가가 있을 수 있다는 느낌을 받았다.

나는 종종 증조할아버지가 하는 말에는 뭔가가 있다는 의심을 했다. 예를 들어 엄마 아빠, 할머니 할아버지가 "이제 더는 안 돼. 정말 이제 더는 안 돼!" 하고 소곤거리기 전에도 그랬다. 그때 증조할아버지는 암갈색 조립식 장롱, 소파, 액자에 끼워진 사진들과 함께 곧 병원 침대가 있는 작은 방으로 옮겨질 거라는 것, 가장 개인적인 소유인 벽돌집은 홀로 남게 되리라는 것을 벌써 예감하고 있었다. 하필이면 동물원에서 그것을 예감했다.

내가 스스로 생각을 하기 시작한 이래로 증조할아버지와 나는 함께 동물원에 갔다. 한 사람이 다른 한 사람을 부축해 주었다. 몇 년 동안, 어느 날 누가 부축해 주는 사람이고 누가 부축받는 사람인지 모호해질 때까지 그랬다.

하지만 중요한 것은 동물원이었고, 우리 둘이었다는 거다.

다만, 언젠가 증조할아버지는 기이한 습관을 들이게 되었다. 하필이면 거기 없는 동물들에 관심을 갖기 시작한 것이다. 가령 가시도치 같은 것. 가시도치의 우리는 마침 가시에 더 친화적으로 개축되었다. 증조할아버지는 번번이 오랫동안 거기 서서 슬픈 눈으로 빈 우리를 지켜보며 거듭 중얼거렸다.

"이해한다. 정말 이해해."

이런 식의 동물원 방문이 있자마자 증조할아버지의 집도 가시도치가 없는 우리처럼 외롭고 텅 비어 보이게 되었다. 그리고 증조할아버지는 조립식 장롱과 소파와 자신의 삶을 짊어지고 이곳 노인 요양원으로 옮겨 왔다. 저녁놀이라는 뜻의 '아벤트리히트' 요양원이었다.

증조할아버지가 아흔 살이 되었을 때 나는 아직 열한 살이 되지 않았다. 증조할아버지는 입 가장자리에 딸기케이크를 묻힌 채 말했다.

"그레텔, 너는 아직 열한 살이 안 되었지만, 명심해라. 넌 언제나 내 곁에 가장 오래 머물러 주는 거다!"

증조할아버지가 옳았다. 어쨌든 이번에는 그랬다. 대부분의 손님들은 퍽이나 재빨리 사라졌다. 증조할아버지가 그들이 갖고 온 선물을 단 한 개도 풀어 보지 않았는데도 말이다. 아그네스 K만이 조금 더 오래 머물렀지만 갑작스레 벌떡 일어나서는 서둘러 다른 아벤트리히트 거주 노인들에게 가 버렸다.

간호사 아그네스 K는 증조할아버지가 늘 되풀이해서 말하듯이 운 좋은 경우였다. 원래 이름은 아그니스츠카였는데, 증조할아버지는 늘 아그네스 K라고만 불렀다. 아그네스의 성이 무엇인지 생각해 보는 것은 우리가 즐겨 하는 일이었다. 순무란 뜻의 '크라우트뤼베'? 황제의 키스란 뜻의 '카이저슈마츠'? 선술집 주인이라는 뜻의 크뤼거가 들어가는 '크뤼거-크란츠코프스키'? 이따금 아그네스 K가 야간 근무를 할 때면 조금 일찍 와서 자신과 증조할아버지를 위해 구운 닭고기와 하얀 마요네즈 소스를 듬뿍 뿌린 감자튀김을 가져왔다. 아그네스 K는 우리 증조할아버지가 어떤 사람인지 알고 있었던 거다. 바로, 평생 먹는 것을 좋아하는 사람이었다. 우리가 증조할아버지의 아흔 번째 생일에 침대에 앉아 있고 증조할아버지가 선물들을 풀 때, 나는 문득 왜 구운 닭고기가 그토록 중요한지 이해했다.

증조할아버지는 선물을 하나하나 조심스레 풀었다. 그런 다음 전혀 조심스럽지 않게 소파 쪽으로 내던졌다. 노인 초콜릿 다섯, 노인 향수 세트 하나, 노인 남자 양말 다섯 세트, 브랜디초콜릿봉봉 한 상자, 그리고 여느 해처럼, 그 금발 여자 가수의 CD 하나. 지난해처럼 증조할아버지가 으르렁거렸다.

"피셔 아무개 따위는 집어치우라고 해!"

하지만 증조할아버지는 공개적으로는 절대 그 말을 하지 않았다. 요양원 3동에 묵고 있는 다른 사람들이 피셔의 광팬이었기 때문이다. 증조할아버지 자신은 선원의 노래들을 가장 즐겨 들었다. 선원의 노래는 조금 거칠고, 향수가 어려 있고, 훈제고등어 냄새가 났기 때문이다. 피셔의 노래에서는 그런 것을 기대할 수 없었다.

증조할아버지가 선물 절반을 소파에, 다른 선물들은 양탄자 위에 던져 버리고 실망한 눈으로 나를 바라보며 나지막이 말했다.

"내가 원한 것은 뷔페였다는 거 너도 알지. 벽에 요리가 잔뜩 차려진 식탁을 놓고 누구나 뭘 먹을지 스스로 결정할 수 있는 그런 저녁 식사. 그래, 뷔페가 마땅을한 선물이 되었을 거야."

할아버지는 꼭 '마땅을한'이라고 말했다. 증조할아버지는 먹는 것뿐만 아니라, 'ㄹ'을 좋아해서 단어에 'ㄹ'이나 '을'을 넣기를 좋아했다. 그 'ㄹ'은 단어 속에 있어도 손해 볼 것이 없었다. 예를 들어 내 이름을 그레텔이라고 부르는 것이 그렇다. 나는 그레타라고 불리는 것을 좋아하지만 말이다. 언젠가 증조할아버지는 자신이 좋아하는 'ㄹ'을 집어넣기 위해 단어를 발명하기도 했다.

"내 피부 좀 봐라, 그레텔."

생일이 되기 조금 전에 증조할아버지가 말했다.

"벌써 아홉 살이구나."

그날 오후 증조할아버지는 뷔페에 열중했다. 곰곰 생각하고는 말하고 다시 곰곰 생각하고는 말했다.

"내 백 번째 생일에는 아주 단호하게 뷔페를 차려 달라고 해야겠다. 다른 것 말고 모든 것 대신 그것 하나만. 나는 선장처럼 행복할 거다!"

증조할아버지가 그 말을 할 때 아그네스 K가 방으로 들어와 접시와 페퍼민트차가 들어 있는 찻잔을 탁자 위에 놓고 증조할아버지의 뒤통수를 쓰다듬으며 말했다.

"죄송해요. 다른 분한테도 가 봐야 해요."

그것은 새로운 말이 아니었다. 아벤트리히트에서는 언제나 모든 것이 아주 빨리 돌아가기 때문이다. 증조할아버지는 심지어 몰래 목록을 기록하기도 했다. 거기에는 예를 들어 이런 것이 쓰여 있었다. 등 씻기: 30초, 아침 인사: 10초, 사망 후 새 방 주인이 들어오기: 반나절. 아벤트리히트, 그것은 명백하게 맹렬한 속도로 깜박거렸다.

증조할아버지가 아흔 살이 되던 날, 우리는 저녁 식사가 얼마나 빨리 준비되었는지 예측했다. 증조할아버지는 54초가 걸렸으리라 추측하며, 서글픈 눈으로 잿빛 호밀빵 두 조각을 구경했다. 빵 사이에는 잿빛 살라미소시지 두 조각이 끼워져 있었다.

"오이는 단 한 조각도 들어 있지 않구나."

증조할아버지는 낮은 소리로 말하며 덧붙였다.

"내가 그리는 뷔페는 오이 조각으로 뒤덮여 있어야 한다는 것, 그게 대단히 중요하다."

증조할아버지는 다시 곰곰 생각하더니 눈을 빛내며 말했다.

"왜냐하면 뷔페니까. 그리고 빌란트 정육점에서 만든 소시지가 있어야 해. 하지만 너무 두툼해서는 안 돼. 듣고 있냐. 그러면 향을 잃어버리거든."

빌란트 정육점의 수제 소시지는 꽤 두툼했다. 따라서 증조할아버지는 아마도 소시지 조각을 뜻했을 것이다. 또한 고추냉이햄말이, 저민 고기로 만든 긴 빵 모양으로 젤리처럼 굳힌 비게브라텐과 몰다우식 돼지고기 요리도 있어야 한다고 했다. 어느 틈엔가 육류 이야기가 끝나고 증조할아버지는 치즈 이야기로 넘어갔다. 자신이 생각하는 뷔페에는 좋은 냄새가 나는 푸른곰팡이가 있고 냄새가 강한 프랑스산 로크포르 치즈와 웃기게도 고슴도치 모양으로 치즈를 꽂아 놓은 치즈 고슴도치도 있다고 했다. 그 역시 빌란트 정육점 치즈로 만든 것이어야 했다. 그런 다음에는 샐러드들이 더해졌고, 미나리와 심지어 뱀장어젤리, 생선 가게 '헤닝 부자 상회'의 고등어, 생선 애틀랜틱칵테일, 고급 베이

커리 슈트람에서 가져온 고급 빵, 그리고 아무도 알아차릴 수 없는 수천 가지 다른 것들이 더해졌다. 당연히 버터와 후식과 오이도 있었다. 오이는 거듭해서 언급되었다.

말하지만 난 아직 열한 살이 안 되었다. 나는 뷔페가 뭔지도 모르고 뷔페를 차릴 돈도 없었고, 무엇보다도 뷔페를 마련할 시간이 거의 없었다. 왜냐하면 백 번째 생일은 언제 다가올지 모르니까. 그러나 나는 증조할아버지가 아흔 살이 되던 날 저녁에 증조할아버지에게 피셔에 대한 보상을 해 주기로 결심했다. 오이 조각으로 잔뜩 뒤덮인 것으로 말이다. 생일 선물로.

엄마가 축하 파티를 위해 뷔페를 주문할 때면 보통 기껏해야 5분의 시간이 걸리고 일정한 액수의 지폐들을 지불했다. 그에 반해 나는 5주가 넘는 시간이 필요했다. 일정한 액수의 지폐를 가지고 있지 않았을 뿐더러, 증조할아버지의 이야기를 모두에게, 그러니까 빌란트 정육점과 고급 베이커리 주인, 헤닝 부자 상회의 셋째 아들에게 말해야 했다. 심지어는 채소 장수에게도 해야 했다. 오이를 잘 아는 사람이기 때문이었다. 나는 뷔페에 대해 이야기하고 가게 주인마다 단 한 번 예외를, 그러니까 지폐를 지불하지 않는 예외를 둘 수 있는지 대략 세 번씩 물었다. 그들은 말도 안 되는 일이긴 한데, 오랜 고객을 위해서라면 할 수 있다고 대답했다.

나는 도와 달라고 아그네스 K까지 설득했다. 위생 문제 등등으로 먹을 것을 요양원에 가져오는 것은 금지되어 있기 때문이다. 사람이 쉴 틈 없이 누군가에게 뭔가를 이해시켜야 하고, 적당한 약속 일자도 찾아야 한다면, 5주의 시간은 금세 지난다.

뷔페는 어느 금요일에 배달되었다. 세 아들들 즉 정육점 아들 하나와 생선 가게 아들 둘이 동시에 함께 배달했다. 그들은 아그네스 K와 함께 요양원 3동 사람들을 도와 음식을 접시에 담아 식탁까지 날라 주었다. 조용히 선원의 노래가 들렸고 도처에서 음식을 먹고, 떼 지어 떠들고, 심지어 쩝쩝거리는 소리도 들렸다. 분명히 고등어 냄새가 났는데, 그것은 선원의 노래 때문이기도 했고, 고등어 때문이기도 했다. 함께 먹지 않는 유일한 사람은 증조할아버지였다.

증조할아버지는 2주 전부터 특히 좋지 않았다. 지쳐 있고 안색이 창백했다. 증조할아버지는 비록 말하는 것도 힘들었지만 휠체어에 앉아 뷔페 근처에서 안내 역할을 하고 있었다. 예를 들면 이런 식이었다.

"아무개 여사, 저 위에 자리 하나가 아직 비어 있어요. 나중에 조용히 후식도 좀 드세요." 또는 "고급 빵 한 조각을 맛보세요. 맛본다고 물지 않으니까요!"

진짜 축하 파티였고, 아주 긴 저녁 식사였다. 심지어 뷔페에 모인 아들들도 만족스러운 듯이 보였다. 근무가 몇 시간 뒤에 시작하는 아그네스 K만이 이따금 불안해져서 중얼거렸다.

"누군가 항의하면 어쩌지?"

그러나 대부분의 시간은 아그네스 K도 뷔페의 다른 손님들과 나의 병든 증조할아버지처럼 기뻐했다 . 증조할아버지는 단 한 조각의 오이도 들지 않았지만, 내내 얼굴이 환하게 빛났다. 나중에 내가 증조할아버지와 작별 인사를 할 때 증조할아버지는 흐뭇한 어조로 속삭였다.

"끝났구나. 마무리가 되었구나. 다 지나갔구나. 아벤트리히트에서 빛이 꺼졌구나."

그런 다음 내 뺨에 아주 가벼운, 그리고 바싹 마른 키스를 하며 나지막하게 말했다.

"참으로 고맙다."

그러고는 힘없이 내 손을 잡았다.

증조할아버지는 바로 그날 밤 백 살이 되었다. 입술에 희미한 미소를 띠고 머리는 빗질한 채. 적어도 아그네스 K는 그렇게 주장했다. 아그네스 K는 3시경 증조할아버지가 아직 빗질하지 않은 머리를 하고 두서없는 생각을 하며 침대에 누워 있는 것을 발견했다.

"크뤼거-크란츠코프스키."

증조할아버지는 거듭 중얼거렸다.

"주의하게, 오이 조각들을 잊지 마."

증조할아버지는 쉬지 않고 그렇게 말했다. 그리고 단 한 번 속삭였다.

"피셔 따위는 집어치워!"

아그네스 K가 착각하지 않았다면, 그 말은 다름 아닌 증조할아버지의 마지막 말이었다. 죽기 전에는 무슨 말이든 할 수 있을 테니, 틀림없이 훨씬 나쁜 마지막 말을 속삭였을 것이다. 우리 가족 가운데는 아무도 그날 저녁과 뷔페에 대해서는 알지 못했다. 분명 아무도 관심이 없을 터였다. 왜냐하면 모두들 갑자기 끔찍하게 많은 것을 계획하고 준비해야 했기 때문이다. 하필이면 증조할아버지가 영원히 세상에서 도망쳐 더는 아무것도 경험하지 못하는 지금 말이다. 나는 너무도 슬퍼서 온종일 오이만 먹었다. 하지만 그것은 모든 것을 훨씬 나빠지게만 할 뿐이었다. 게다가 오이는 언제부턴가 목에 걸려 있었다.

나는 다섯 달이 지난 지금까지도 오이를 먹을 수 없다. 하지만 이따금, 너무 슬퍼질 때면 두 눈을 감고 증조할아버지를 떠올린다. 그러면 거기, 증조할아버지가 앉아 있다. 정확히 그를 알아볼 수 있다. 휠체어의 앞쪽 가장자리에 앉아 거의 앞으로 미끄러질 것 같다. 하지만 미끄러지지 않는다. 그리고 나는 증조할아버지가 '고급 빵'이라고 말하고 '몰다우식'이라고 말하는 소리를 듣는다. 나는 남자 노인용 비누 냄새를 맡고, 증조할아버지의 건조한 입술을 본다. 그 위에 아홉 살의 하얀 피부가 보이고, 그 위에 중간 크기의 코가 있고, 그 위에 두 개의 거무스레한 다크서클이 있다. 그리고 그 위에, 영원히, 선장의 미소가 있다.

이 책에 함께한 작가들, 번역가들, 화가는 모두 독일아동청소년문학상을 받았거나, 후보에 올랐던 이들이다. 책에 실린 순서로 소개한다.

▶ 작가들

숀 탠(Shaun Tan)은 1974년에 태어나 오스트레일리아 퍼스에서 자랐으며 지금은 멜버른에서 일러스트레이터, 작가, 영화 제작자로 일한다. 몽상적인 그림 세계를 지닌 그가 그림을 그린 책들은 사회적, 정치적, 역사적 주제들을 다루며, 세계적으로 알려져 있다. 애니메이션 단편 영화 〈잃어버린 것〉으로 오스카상을 받았고, 『먼 곳에서 온 이야기들』로 독일아동청소년문학상을 『도착』으로 볼로냐 라가치 특별상을 받았다. 대표작으로 『빨간 나무』, 『잃어버린 것』 등이 있다.

다비드 칼리(Davide Calì)는 1972년 스위스에서 태어났다. 어린이책 작가이자 카투니스트, 일러스트레이터이다. 그의 책들은 전 세계 30여 개국에서 출간되었고 여러 상을 받았다. 『나는 기다립니다』, 『누가 진짜 나일까?』 등을 썼으며, 『우리 아빠는 위대한 해적』 (마우리치오 A. 콰렐로 그림)은 2015년 독일아동청소년문학상 후보작에 올랐다. 전기 기타를 연주하며 노래를 작곡하기도 하는 다비드 칼리는 자신이 활동할 록 밴드를 찾는 중이다.

마르틴 발트샤이트(Martin Baltscheit)는 1965년에 태어났다. 책, 극작품, 오디오북뿐만 아니라 어린이와 청소년을 위한 영화도 만든다. 『기억을 잃어버린 여우 할아버지』로 독일아동청소년문학상을 받았고, 〈코끼리의 밤〉으로 독일 단편영화상을, 〈더 나은 숲〉으로 독일 청소년연극상을 받는 등 수많은 상을 수상했다. 마르틴 발트샤이트는 가족과 함께 독일 뒤셀도르프에서 살고 있다.

톤 텔레헨(Toon Tellegen)은 1941년 네덜란드의 소도시 브릴레에서 태어났다. 처음에는 미국에서 문학과 예술을 공부했고, 그다음에는 네덜란드 위트레흐트와 로테르담에서 의학을 공부했다. 여러 해 동안 케냐의 선교 병원에서 의사로 일한 뒤 2008년까지 암스테르담에서 개업의로 일했다. 15세에 시를 쓰기 시작했으며 1983년부터 어린이를 위한 이야기를 쓰기 시작했다. 2013년 『난 소망해』로 독일아동청소년문학상 후보에 올랐다.

뱅상 퀴벨리에(Vincent Cuvellier)는 1969년 프랑스 브르타뉴에서 태어났다. 어릴 적 유스 호스텔에서 생활한 그는 불량 학생이었으며 16세에 학교를 그만두었다. 17세에 청소년 글쓰기 대회에서 우승해 첫 작품을 출간한 이후 15년 동안 프리랜서 기자, 관광 안내원, 음반 판매원, 과일 판매원, 행사 진행자로 근근이 살았다. 그사이에 60권 이상의 책을 썼는데, 그 가운데 여러 권이 독일어로 번역되었다. 『샤를의 손님들』로 2006년 독일아동청소년문학상 후보에 올랐다.

타미 셈-토브(Tami Shem-Tov)는 1969년 이스라엘에서 태어났다. 어렸을 때 학교가 매우 어렵게 여겨졌고, 나중에야 읽고 쓰는 법을 배웠다. 이런 어려움을 극복한 이유는 이야기를 하고 싶은 충동을 느꼈기 때문이다. 그녀의 작품은 여러 상을 받았으며 여러 나라 언어로 번역되었다. 지금은 두 딸과 함께 텔아비브에서 살면서 하이파대학에서 학생들을 가르치고 있다.

마리스 푸트닌스(Māris Putniņš)는 1950년 라트비아의 발미에라에서 태어났다. 1971년에 리가의 국립 인형극 스튜디오에 들어가 시나리오 작가로 일했다. 이 일을 계기로 여러 어린이책을 출간했고, 『거친 통나무배 해적들』로 2013년 독일아동청소년문학상 후보에 올랐다.

이바 프로하스코바(Iva Procházková)는 1953년 체코 올로모우츠에서 태어났다. 고등학교 졸업 시험 아비투어를 마쳤으나 정치적인 이유로 대학에서 공부하지는 못했다. 1983년 가족과 함께 오스트리아로 이민했고, 2년 뒤 독일로 갔다. 정치적 전환기 이후 시나리오 작가로 일하다가 후에 체코의 영화 및 텔레비전 프로덕션에서 선임 편집자로 일했다. 1995년 프라하로 돌아가 작가로 활동하며 가족과 함께 살고 있다. 프로하스코바의 책들은 10여 개의 언어로 번역되었고 독일아동청소년문학상, 오스트리아 청소년도서상, 체코 황금도서상을 받았다.

로버트 폴 웨스턴(Robert Paul Weston)은 1975년 영국 도버에서 태어나 캐나다에서 자랐다. 지금은 일본인 아내와 함께 런던에서 살고 있다. 2012년 독일아동청소년문학상 후보작에 오른 서사시 『조르가마주』를 비롯해 여러 아동청소년 도서로 많은 찬사를 받았다.

제니 롭슨(Jenny Robson)은 1952년 남아프리카 공화국 케이프타운에서 태어났다. 지금은 보츠와나의 마운에서 음악 교사로 일하고 있다. 50종이 넘는 아동청소년 도서를 썼으며 모두 아프리카 고향을 무대로 하고 있다. 이 책들은 여러 상을 수상했고, 여러 나라 언어로 번역되었다. 『토미 뮈체』로 2013년 독일아동청소년문학상 후보에 올랐다.

로세 라게르크란츠(Rose Lagercrantz)는 1947년 스웨덴 스톡홀름에서 태어나 지금도 그곳에 살며 일하고 있다. 어린이문학 작품들로 아스트리드 린드그렌 상을 수상했다. 『행복해, 행복해!』가 독일아동청소년문학상 후보작에 올랐고 여러 나라 언어로 번역되었다.

이네스 갈란드(Inés Garland)는 1960년 아르헨티나 부에노스아이레스에서 태어났고, 지금도 그곳에 살고 있다. 2006년에 첫 소설이 출간된 이래 일련의 단편소설들이 출간되었고 여러 언어로 번역되었다. 2009년 두 번째 소설 『보이지 않는 끈』이 아르헨티나에서 그해 최고의 소설로 상을 받았고, 스페인어권 작가로는 처음으로 독일아동청소년문학상을 받았다.

페터 헤르틀링(Peter Härtling)은 1933년 독일 켐니츠에서 태어나 슈바벤 뉘르팅겐에서 김나지움에 다니다가 중퇴했다. 하이델하임, 슈투트가르트, 쾰른에서 신문 문예란의 편집자로 일했고, 베를린에서 잡지 『다스 모나트』의 공동 발행인으로, 프랑크푸르트에서 피셔 출판사의 편집장으로 있었다. 1973년부터는 전업 작가로 활동했다. 시와 장편 소설, 에세이, 어린이책을 출간했고 특히 2001년에는 자신의 모든 아동청소년문학 작품으로 독일아동청소년문학상을, 2003년에는 독일 도서상을 받았다.

안드레아스 슈타인회펠(Andreas Steinhöfel)은 1962년 독일 바텐베르크에서 태어났다. 번역가, 도서 평론가이자 시나리오 작가이며, 무엇보다 수많은 상을 수상한 아동청소년 도서의 저자이다. 『리코와 오스카 그리고 짙은 그림자』로 독일아동청소년문학상을 받았다. 페터 륌코르프, 로리오, 로베르트 게른하르트, 토미 웅거러에 이어 2009년 에리히 케스트너상을 받았으며, 2013년에는 집필한 모든 작품에 대해 독일아동청소년문학상 특별상을 받았다.

미리암 프레슬러(Mirjam Pressler)는 1940년 독일 다름슈타트에서 태어나 양부모 밑에서 자랐다. 프랑크푸르트에서 조형 예술을, 뮌헨에서 언어학을 공부했으며 1년간 이스라엘의 키부츠에서 살았다. 독일로 돌아와 여러 직업을 가졌는데, 청바지 가게를 하기도 했다. 성인이 된 딸 셋이 있으며 지금은 작가이자 번역가로 뮌헨에서 살고 있다. 집필한 모든 작품에 대해 1994년에는 번역가로서, 2010년에는 작가로서 두 번 독일아동청소년문학상을 받았다. 대표작으로 『행복이 찾아오면 의자를 내주세요』가 있다.

키르스텐 보이에(Kirsten Boie)는 1950년 독일 함부르크에서 태어나 지금도 그곳에 살고 있다. 1985년부터 어린이와 청소년을 위한 책을 쓰고 있다. 각각의 책으로 많은 상을 수상했을 뿐만 아니라, 여러 차례 한스 크리스티안 안데르센상 후보에 올랐다. 2007년에는 집필한 모든 작품에 대해 독일아동청소년문학상을 받았고 2008년에는 독일 아동청소년문학아카데미 대상을 받았다.

마르야레나 렘브케(Marjaleena Lembcke)는 1945년 핀란드에서 태어나 지금은 독일 뮌스터 근처에서 살고 있다. 『함메르페스트로 가는 길』, 『비밀의 시간』 등을 비롯하여 어른들과 어린이, 청소년 들을 위한 많은 책을 썼고 여러 상을 받았다. 그 가운데 두 권은 독일아동청소년문학상 후보작에 올랐고, 세 권은 오스트리아 아동문학상을 받았다.

바르트 무야르트(Bart Moeyaert)는 네덜란드 브뤼헤에서 태어나 안트베르펜에 살고 있다. 1983년 불과 19세의 나이로 등단한 이래 수많은 상을 받으며, 소설 『맨손』으로 1998년 독일아동청소년문학상을 받았다. 그의 작품들은 21개 언어로 번역되었다. 작가는 그 밖에도 안트베르펜에서 창의적 글쓰기를 가르치며, 시와 극작품을 쓰고 독일어, 영어, 프랑스어 작품을 번역한다. 2019년 아스트리드 린드그렌상을 받았다.

유타 리히터(Jutta Richter)는 1955년 독일 베스트팔렌 부르크슈타인푸르트에서 태어나 루르 지방과 자우어란트에서 자랐다. 미국에 1년 동안 체류한 뒤 아직 학생이었을 때 첫 책을 출간했으며, 뮌스터에서 가톨릭 신학, 독문학, 신문방송학을 공부했다. 1978년부터 작가로 활동하며 뮌스터란트에 있는 베스터빙켈성에 머물고 있다. 문학 작품으로 종종 상을 수상했는데, 특히 2001년 『거미를 길들이기를 배운 날』로 독일아동청소년문학상을 받았다.

수잔 크렐러(Susan Kreller)는 1977년 독일 플라우엔에서 태어나 지금은 빌레펠트에서 살고 있다. 라이프치히와 아일랜드 더블린에서 독문학과 영문학을 공부했고, 영어 동요의 독일어 번역에 대하여 박사 논문을 썼다. 2005년에 소설과 시를 발표하고 2012년에 첫 청소년소설을 출간한 뒤, 출간 작품들로 거듭 상을 받았다. 2015년에 『눈의 거인』으로 독일아동청소년문학상을 받았다.

▶ 번역가들

토비아스 셰펠(Tobias Scheffel)은 뛰어난 프랑스어 번역가로 상을 받았으며, **미리암 프레슬러(Mirjam Pressler)**는 작가로서만이 아니라 네덜란드어와 히브리어의 번역가로도 상을 받았다. **브리기테 야코바이트(Brigitte Jakobeit)**는 영어 번역으로, **마티아스 크놀(Matthias Knoll)**은 라트비아어 번역으로, **앙겔리카 쿠치(Angelika Kutsch)**는 스웨덴어 번역으로, **일제 라이어(Ilse Layer)**는 스페인어 번역으로 상을 받았다.

▶ 화가

알료샤 블라우(Aljoscha Blau)는 1972년 러시아 상트페테르부르크(당시 레닌그라드)에서 태어났고 1990년부터 독일에서 살고 있다. 함부르크에서 일러스트레이션과 자유 그래픽을 공부했다. 볼로냐 어린이도서전 라가치상, 트로이스도르프 그림책상을 수상했으며 독일아동청소년문학상은 이미 두 번이나 받았다. 지금은 베를린과 때로는 덴마크에 살면서 일하고 있다.

▶ 이 책을 한국어로 옮긴 **김경연**은 아동청소년문학 평론가이자 번역가로, 서울대학교 독어교육과를 졸업하고 동 대학원에서 박사 학위를 받았다. 독일 프랑크푸르트대학에서 아동청소년 환상문학이론연구로 박사 후 과정을 지냈고 지금은 대학에서 학생들을 가르친다. 『책 먹는 여우』, 『행복한 청소부』, 『빨간 나무』, 『그날, 어둠이 찾아왔어』 등 수많은 작품을 우리말로 옮겼다.

▶ 이 책을 엮은 **슈테파니 옌트겐스(Stephanie Jentgens)**는 독문학, 심리학, 정치학을 공부했고, 쾰른대학 아동청소년문학연구소에서 일했다. 1995년부터 렘샤이트 문화교양아카데미에서 문학을 가르치고 있다. 독일아동청소년문학상의 심사 위원을 지냈고 2012년부터 2015년까지는 독일아동청소년문학상 수여를 맡은 독일아동청소년문학협회의 회장을 지냈다.

독일아동청소년문학상 60주년 기념 작품집

나는 네가 보지 못하는 것을 봐

2019년 5월 2일 1판 1쇄
2021년 6월 30일 1판 2쇄

지은이 다비드 칼리 외 19인
옮긴이 김경연

편집 김태희, 장슬기, 나고은, 김아름
디자인 김민해
제작 박흥기
마케팅 이병규, 양현범, 이장열

인쇄 천일문화사
제책 J&D바인텍

펴낸이 강맑실
펴낸곳 (주)사계절출판사
등록 제406-2003-034호
주소 (우)10881 경기도 파주시 회동길 252
전화 031) 955-8588, 8558
전송 마케팅부 031) 955-8595 편집부 031) 955-8596
홈페이지 www.sakyejul.net | 전자우편 literature@sakyejul.com
블로그 skjmail.blog.me | 페이스북 facebook.com/sakyejul | 트위터 twitter.com/sakyejul

값은 뒤표지에 적혀 있습니다. 잘못 만든 책은 구입하신 서점에서 바꾸어 드립니다.
사계절출판사는 성장의 의미를 생각합니다. 사계절출판사는 독자 여러분의 의견에 늘 귀 기울이고 있습니다.

ISBN 979-11-6094-305-4 03850